유혹하는 유물들

글 ──── 박찬희

박찬희박물관연구소 소장이사 이야기꾼.
대학에서 역사를, 대학원에서 한국미술사를 공부하고 박물관에서 일했다.
박물관에서 유물을 만나고 사람들과 박물관 이야기 나누는 걸 좋아한다.
요즘은 박물관으로 가는 사람들의 발걸음이 가볍고 즐거워지는 방법은 뭘까, 이리저리 찾고 있다.
쓴 책으로 『박물관의 최전선』 『구석구석 박물관 1』 『아빠를 키우는 아이』 『몽골 기행』
『놀이터 일기』가, 함께 쓴 책으로 『두근두근 한국사 1, 2』가 있다.

그림 ──── 임지이

경상북도 울진에서 자랐다. 38살에 회사 생활을 끝내고 이런저런 일들을 하며 지내다
우연히 만화를 그리기 시작했다. 보고, 듣고, 느끼는 것들을 만화로 들려주고 싶어 한다.
『나는 더 좋은 곳으로 가고 있어요』 『어쩌다 클래식』 『어쩌다 과학』
『우주선 말고 비행기는 처음이야』 『잼잼이의 박물관 탐구생활』을 쓰고 그렸다.

일러두기

1. 이 책은 국립중앙박물관에 소장 중인 명품 유물 38점에 관한 이야기입니다.

2. 이 책에 소개한 유물은 대부분 전시되고 있지만, 일부 유물은 사정에 따라 전시되지 않거나 않을 수 있습니다.

3. 유물의 이름은 국립중앙박물관에 전시된 이름표에 따랐습니다.

유혹하는 ──── 유물들

박찬희 글 | 임지이 그림

빨간소금

2022년 국립중앙박물관에서 〈어느 수집가의 초대〉 특별전이 열렸다. 이 전시에 '추성부도'가 나왔다. 김홍도가 그린 마지막 작품이다. 오래전, 한 전시에서 이 작품을 처음 만났는데 그림이 무척 쓸쓸했다. 그래서인지 이번에 이 작품을 보지 않으면 아쉬움이 클 것 같았다.

아침 일찍 현장 예매를 하고 전시실로 들어갔다. 이 작품은 다른 작품들과 달리 전시실에 홀로 전시되었다. 어두운 전시실에 들어가 작품 앞에 섰다. 그림에서는 가을바람이 쉴 새 없이 불어왔다. 쓸쓸하고 스산했다. 마지막 남은 것들을 지우려는 듯했다. 그

바람에 떨어진 나뭇잎들이 우리네 인생 같았다. 잘나가던 시절을 뒤로 하고 자신도 모르게 퇴장하는 인생.

작품 앞에서, 작품 앞 의자 위에서 계속 작품을 바라봤다. 그렇게 한 시간이 지났다. 김홍도가 세상을 떠나기 전 느꼈을 쓸쓸함과 절망감이 멈추지 않고 불어왔다. 그 바람을 맞으며 그림을 보다 문득 상상으로 그림 소재들을 하나씩 지워나갔다. 단순한 집 한 채와 나무 네 그루가 남았다. 추사 김정희가 그린 '세한도'였다. 그림에서 변하지 않는 의리가 아니라 쓸쓸함과 절망감이 끝없이 밀려나오는 듯 했다. 내게 이 전시는 추성부도 한 점으로 이미 충분했다.

얼마 후 간송미술관에서 열린 〈보화수보〉 특별전을 보러 갔다. 이 전시가 끝나면 보화각을 전면 보수한다고 했다. 그러니까 옛 보화각에서 열리는 마지막 전시였다. 이 전시를 놓칠 수 없는 이유였다. 전시실에 들어가 유물을 보다 눈이 동그래졌다. '이 그림이 이랬었나!' 그동안 사진으로만 봤던 김홍도의 '낭원투도'였다. 동방삭이 서왕모의 과수원에서 훔친 천도복숭아를 보는 장면이다. 연둣빛과 분홍빛으로 물든 복숭아가 그렇게 미묘할 수 없었다. 내내 그림 앞에서 돌처럼 서 있었다.

전시실을 나와 인쇄본 그림을 샀다. 집으로 돌아와 책장에 붙여 놓고 틈날 때마다 봤다. 원본을 따라갈 수는 없지만 아쉬운 대로 만족했다.

전시를 본다는 건 나를 유혹하는 단 한 점의 유물을 만나는 일이다. 전시에서 그런 유물을 만났다면 그것으로 이미 충분하다.

이 글은 나를 유혹한 국립중앙박물관의 유물 이야기다. 국립중앙박물관은 전시실의 규모도 규모지만 무엇보다 각 시대와 분야를 대표하는 유물들이 두루 전시되어 좋다. 우리나라뿐만 아니라 중국이나 일본 등 다른 나라 유물도 만난다.

일단 전시실에 발을 디디면 신화에 나오는 거대한 강이 나타난다. 그러면 나는 깊이를 알 수 없는 끝없는 물결을 따라 여행하며 전설 같은 유물과 부지런히 접속한다. 그러는 사이 여행이 끝난다. 어떤 날은 한 편의 시처럼 짧지만 강렬하고 다른 날은 단편 소설처럼 상쾌하고 간혹 어떤 날은 장편 소설처럼 깊고 묵직하다.

이 글에서는 내가 유물에게 유혹당하고 스며드는 여정을 보여주고 싶었다. 유물에 대한 지식 대신 유물과 어떻게 만났는지, 어떤 점을 눈여겨봤는지, 어떤 점이 끌렸는지, 시간이 흐르는 동안 내가 어떻게 바뀌었는지를 담았다.

이 책으로 박물관을 가려는 마음이, 박물관으로 향하는 여러분의 발걸음이 한결 설레고 가벼워졌으면 좋겠다. 박물관을 어슬렁거리다 여러분을 유혹하는 유물을 만나고 그 유물로 여러분의 인생 박물관을 차곡차곡 채워나간다면 그 또한 좋겠다.

2022년 11월, 박찬희

차례

들어가며 유물에 유혹당하는 순간 … 4

오르다

거닐다

오르다

슬픈 우승자

청동 투구

　푸른빛이 감도는 기품 있는 유물, 단순하고 절제된 인상의 강렬한 유물, 그러다가 진짜 머리에 쓸 수는 있을까 의심 어린 눈으로 보게 되는 유물. 이 유물이 2층 기증실에 있는 청동 투구다.

　이 청동 투구는 얼핏 봐도 우리나라 것이 아니다. 기원전 6세기 그리스에서 만들어졌다. 펜싱 헬멧처럼 머리 전체를 꽁꽁 가린다. 눈에서 입까지는 뚫렸고 코를 보호하기 위해 콧등에서 코끝까지 가릴 수 있게 만들어졌다. 뺨 아래쪽은 길게 아래로 내려뜨려 목까지 보호할 수 있게 했다. 뚫린 부분 가장자리를 따라 구멍이 나 있거나 작은 못이 박혔는데, 투구를 쓸

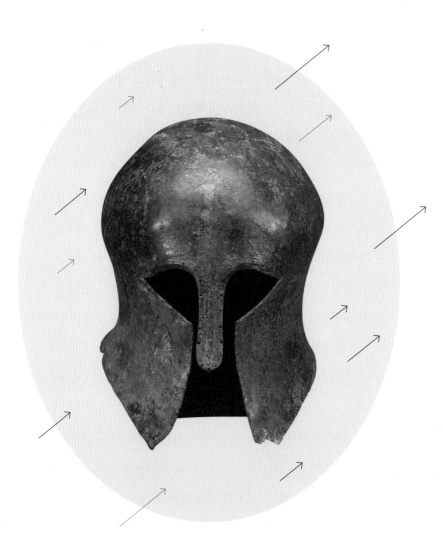

때 착용감을 높이려고 천을 댈 때 사용한 장치로 보인다. 옆에서 보면 머리의 굴곡을 따라 만들어진 투구의 곡선을 제대로 볼 수 있다. 아래쪽은 밖으로 넓게 펼쳐 목 전체를 보호하면서도 활동성을 좋게 했다.

이 투구는 그리스 군인들이 사용하던 코린트식 투구다. 이 투구를 쓰면 활이나 창 같은 무기의 공격을 막을 수 있다. 그리스를 배경으로 한 그림을 보면 종종 이런 투구를 쓰고 전투를 벌이는 장면이 나온다. 투구를 쓴 얼굴에서 번쩍이는 두 눈만 보인다. 그런데 실제로 이 투구를 쓰면 무척 덥다고 한다. 청동이 열을 받으면 뜨거워지는데, 특히 그리스는 햇살이 따갑기로 유명하다. 그래서 전투를 하지 않을 때는 머리에 걸친다. 그리스 신화 속 전쟁의 신인 아테나도 종종 머리에 투구를 걸친 모습으로 등장한다.

●

이 투구는 고대 그리스 도시 국가인 코린트에서 열린 올림픽 제전 때 신에게 바친 것으로 추정한다. 독일의 고고학자 에른스트 쿠르티우스가 1875년 그리스의 올림피아 제우스 신전을 발굴할 때 막대한 양의 유물과 함께 발견했다. 발굴은 독일인이 했지만 그리스 정부와의 약속에 따라 발굴된 유물은 그리스에 인계되었다. 그런데 어떻게 이 투구가 우리나라에 있을까?

이 비밀을 풀기 위해서는 한 장의 사진에 주목해야 한다. 이미 많이 알려진 사진으로, 1936년 8월 베를린 올림픽 마라톤에서 우승한 손기정 선수의 시상식 장면이다. 우승자 손기정 선수와 3등을 한 남승룡 선수가 심각한 얼굴로 고개를 푹 숙인 그 사진이다.

당시 그리스의 한 신문사가 베를린 올림픽 마라

톤 우승자에게 이 투구를 부상으로 주기로 했다. 그런데 어떻게 된 일인지 손기정 선수는 투구를 받지 못했다. 국제올림픽 조직위원회가 아마추어 선수에게 상품을 주는 것은 올림픽 정신에 위배된다고 결정했기 때문이다. 결국 이 투구는 베를린의 한 박물관으로 가게 되었다.

이 사실을 나중에 알게 된 손기정 선수는 청동 투구의 행방을 찾았지만 별다른 성과가 없었다. 그러던 중 1975년 한 신문에 손기정 선수가 지금도 청동 투구의 행방을 찾고 있다는 기사와 함께 투구 사진이 실렸다. 이 소식을 접한 한 독일 교포가 1년 넘게 독일 박물관들을 찾아다닌 끝에 베를린의 샤를로텐부르크 박물관에 있다는 걸 확인했다.

그러고도 바로 주인에게 돌아오지 못했다. 대한체육회, 국내 언론사, 그리스 신문사, 그리스 올림픽위원회가 나서서 반환을 요청했다. 처음 독일에서는 반환을 거부했지만, 지속적인 노력 끝에 결실을 맺었다. 독일올림픽위원회에서 베를린 올림픽 50주년 기념으로 손기정 선수에게 청동 투구를 반환하기로 결정했다.

베를린 올림픽 당시 24세 청년은 74세 노인이 되어 드디어 청동 투구를 받았다. 손기정 선수의 국적은 올림픽 당시 일본이었지만 이때는 한국이었다. 2016년, 손기정체육공원에 월계관을 쓰고 일장기 대신 태극기를 단 손기정 선수가 청동 투구를 들고 있는 동상을 세웠다.

손기정 선수가 반환받은 청동 투구는 1987년 서양 유물로는 처음으로 보물로 지정되었다. 그 후 1994년 손기정 선수는 더 많은 사람이 이 청동 투구를 볼 수 있도록 국립중앙박물관에 기증했다. 이때 "이 투구는 나의 것이 아니라, 우리 민족의 것"이라고 말했다. 기원전 6세기 멀고 먼 그리스의 신전에 바쳐진 청동 투구는 독일을 거쳐 우리나라로 왔다. 이 유물에는 그리스의 역사와 독일의 역사와 우리나라의 역사가 깃들었다. 또한 손기정이라는 개인의 역사와 시대의 상징이 된 손기정의 역사가 녹아 있다.

손기정 선수가 이 청동 투구를
기증하며 이렇게 말했대요.
"이 투구는 나의 것이 아니라
우리 민족의 것."

이 투구에는 그리스와
독일 그리고 우리나라의
역사가 깃들어 있단다.

다시 일제 강점기 시상식 장면을 본다. 손기정 선수가 머리에 쓴 월계관은 어디로 갔을까? 일장기를 가려준 월계수 나무는 어떻게 되었을까? 월계관은 지금 손기정기념관에 전시되어 있고, 손에 들고 있던 월계수는 손기정기념관 옆 손기정체육공원에서 쑥쑥 자란 모습으로 만날 수 있다. 사실 이 나무는 월계수가 아니라 대왕참나무다.

이야기는 여기서 끝이 아니다. 남승룡 선수도 간절히 1등을 하고 싶었다고 한다. 월계수를 받으면 일장기를 가릴 수 있으니까. 그래서일까, 사진 속 남승룡 선수 가슴의 일장기가 선명해 남승룡 선수의 얼굴이 더욱 처연해 보인다.

함께 나이 드는 글씨

잔서완석루

서예라면 봐도 잘 모르고 특별한 관심도 없었다. 그러다 한 전시회에서 김정희의 글씨를 봤다. 그가 세상을 떠나기 얼마 전 쓴 글씨였다.

대팽두부과강채(大烹豆腐瓜薑菜)
고회부처아녀손(高會夫妻兒女孫)

이 글의 뜻은 '최고로 좋은 반찬은 두부, 오이, 생강, 나물이고 최고로 좋은 모임은 부부와 아들딸, 손주와 함께하는 모임이다'이다.

이 글씨 앞에 그렇게 오래 있을 줄 몰랐다. 글씨에서 소박한 반찬이 놓인 상을 앞에 두고 가족과 함께 즐겁게 밥을 먹는 김정희가 보였다. 그후 김정희의 글씨를 만나면 눈여겨보기 시작했다.

김정희는 추사체라는 독창적인 서체를 만든 장본인이다. 추사는 잘 알려져 있듯 김정희의 호이다. 추사체가 어떤 글씨체인지는 몰라도, 이름은 누구나 한번쯤은 들어봤을 정도로 유명하다.

'잔서완석루'라고 쓰인 이 유물은 김정희가 쓴 것이다. 김정희가 남긴 수많은 글씨 가운데 대표작으로 평가받는다. 첫눈에 보면 왜 이 글씨를 명작으로 꼽는지 아리송하다. 명작 중의 명작이라는 '세한도'처럼. 삐뚤빼뚤한 데다 어떤 글자는 알아보기조차 어렵다. 쓴 게 아니라 그린 것 같다. 심지어 이런 정도 글씨는 나도 쓸 수 있겠다는 생각이 들 정도다. 도대체 어딜 봐서 명작이라는 걸까?

전체 구성은 이렇다. 맨 오른쪽부터 차례로 위아래 인장

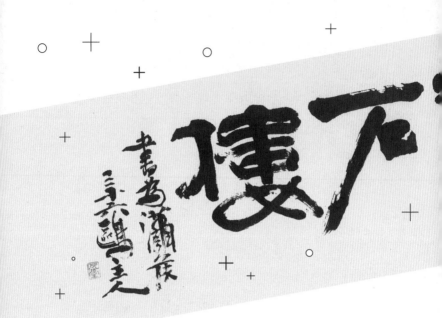

두 곳, 다음으로 큰

다섯 글자, 그 뒤에 작은 글자 두 줄, 그리고 마지막

에 인장 하나. 이 인장들은 김정희의 호를 새긴 거다. 이 글씨

를 쓴 사람이 누구인지 증명하는 표시이자 중요한 디자인 요

소다. 검은 글씨가 많은 곳에서 다양한 모양의 붉은색 인장은

분위기를 바꿔준다. 그래서 전체의 조화를 고려해 찍을 자리

를 정한다.

큰 다섯 글자

는 김정희가 하고 싶은 이야기인 '잔서완석루(殘書頑石樓)'다. 끝부분의 작은 글자 두 줄은 '서위소후(書爲蘇侯)', '삼십육구주인(三十六鷗主人)'으로, 호가 소후라는 사람을 위해 써줬다는 뜻이고 써준 사람은 삼십육구주인인 김정희라는 뜻이다.

김정희는 소후라는 사람에게 무엇을 말하려 했을까? 잔서는 세월이 지나면서 다른 것은 사라지고 살아남은 글자라는 뜻이다. 완석은 이리저리 깨지고 일그러진 돌을 뜻한다. 네 글자를 합쳐 오랜 세월을 거치면서 비바람에 깎이고 볼품없이 깨진 빗돌에 남아 있는 몇 개의 글자라고 해석하기도 한다.

김정희가 비석이나 금속에 새겨진 옛 글씨를 연구했다는 사실은 이 글을 이해하는 데 도움이 된다. 글자가 새겨진 돌은 김정희 같은 사람에게는 보물처럼 보였을 테니.

이 다섯 글자가 어울릴 만한 사람은 김정희처럼 옛 글씨와 글씨 쓰는 법을 연구하는 사람일 거다. 이 글을 받은 사람은 소후라는 호를 지닌 김정희의 제자 유상이다. 김정희는 유상에게 글을 가르쳤고 또 유상의 글을 평하는 기록을 남겼다. 아마 제자인 유상에게 학문에 더욱 정진하라는 의미로 이 글씨를 써준 것 같다. 유상은 스승이 당호로 주었을 이 글씨를 보면서 더욱 마음을 다잡았을 테지.

스승에게 좋은 글을 받은 유상도 아닌 나 같은 초심자가 글씨를 즐겁게 보는 방법은 뭘까. 먼저 한 글자 한 글자를 가상의 네모 안에 넣어본다. 그러면 글자의 구성이 잘 보인다. 첫 번째, 세 번째 글자인 殘과 頑은 마치 사람이 걸어가는 듯한 느낌을 준다. 두 번째, 네 번째 글자인 書와 石은 둘 다 오른쪽에서 왼쪽으로 획을 길게 뺐다. 이렇게 본 다음, 전체적인 구성을 다시 본다.

또 다른 방법은 상상으로 글자의 획을 따라가는 거다. 그러다 보면 어느새 내가 진짜 붓을 들고 글을 쓰는 느낌이 든다. 종이에 붓 지나가는 소리, 붓의 속도감, 먹이 번지는 느낌, 글의 구성에 대한 고민까지 다양한 것들이 떠오른다. 마지막으로 도장까지 찍고 나면 짧은 공연을 마친 느낌이다.

다시 글씨를 본다. 무겁고 중후한 글씨는 오랜 세월을 견디며 살아남은 돌을 연상시킨다. 마치 북한산 비봉 꼭대기에서 1,400여 년 동안 비바람을 견딘 북한산 신라 진흥왕 순수비처럼. 굵고 강한 획들은 돌에 새겨진 글씨 같다.

특히나 빠른 속도로 그은 획은 비석에 들이치는 비바람 같다. 한자는 원래 그림에서 출발한 문자여서 그림 같은 느낌을 주는데, 옛 사람들은 이런 점을 아주 잘 알고 있었다. 그래서 글씨를 쓸 때 뜻뿐만 아니라 본인이 느낀 분위기, 혹은 글자의 아름다움까지 같이 전하려고 했다.

"글자의 윗선을 내리긋는 획은 치맛자락이 휘날리는 듯 변화를 주었다. 이렇게 자유분방한 글씨는 추사 김정희밖에 없었다. 빨랫줄에 빨래 걸린 듯하지만 필획이 맞으니 자유분방하다고 표현한다."

김정희의 글씨를 보고 유홍준 선생은 이렇게 평했다. 빨랫줄에 걸린 글자 같다고 말하니까 또 그렇게 보이기도 한다.

자유분방하다고는 했지만 내키는 대로 마구 쓴 것은 아니다. 자유분방하게 글씨를 쓸 수 있을 때까지 김정희는 누구보다 많은 노력을 기울였다.

"70평생에 벼루 10개를 밑창 냈고 붓 1,000자루를 몽당붓으로 만들었다."

이렇게 말할 정도였다. 얼마나 글씨를 썼으면, 얼마나 먹을 갈았으면. 김정희는 책을 많이 읽으면서 생각하고 또 생각했다. 그 힘과 기운이 글씨로 드러난다고 믿었다. 이렇게 기본을 튼튼하게 다진 후에 나오는 자유분방함에는 어긋남이 없다.

유배를 떠나자!

다산 정약용도 유배지에서 수많은 책을 펴냈고,

추사 김정희도 유배를 거치고 추사체를 완성했다잖아.

유배 필수

김정희는 19세기 대표적인 학자이자 예술가였다. 사람들에게는 글씨를 잘 쓰는 사람으로 알려져 있지만 학문적으로도 뛰어났다. 당시 김정희의 학문과 글씨에 반한 중국 사람들이 팬클럽을 만들 정도였으니까. 그래서 어떤 사람은 김정희를 조선 시대 한류스타라고 말한다. 조선에서도 그를 따르는 사람들이 많았고 특히 글씨를 구하려는 사람으로 넘쳤다. 반면 정치적으로는 어려움을 겪어 두 차례나 유배를 가야 했다. 그 유배지에서 '세한도'가 나왔고 추사체가 완성되었다.

나는 세한도를 걸작이라고 평가하는 이유를 지금도 분명하게 알지 못한다. 다만 나이가 들면서 세한도도 같이 나이가 든다. 이런 느낌을 주는 작품은 드물다. 앞에서 본 '대팽두부과강채'가 그럴 것 같고 '잔서완석루'도 그럴 것 같다. 세월을 같이할 친구를 얻은 셈이다.

지운 네 글자

서직수 초상

사람이 많이 모이는 관광지에 가면 종종 캐리커처를 그려 주는 화가를 만날 수 있다. 자리에 앉으면 화가가 내 얼굴을 쓱쓱 그린다. 짧은 시간 특징적인 부분은 과장해서, 다른 부분은 간략하게 그리는데, 가끔은 나도 모르는 나의 개성을 알게 되기도 한다.

옛사람들도 자기 얼굴을 그림으로 남겼다. 이런 그림, 그러니까 초상화는 조선 시대 것이 많은데, 캐리커처와는 다른 원칙이 있었다. 무엇보다 눈에 보이는 그대로 그려야 하고, 왜곡하거나 과장하거나 숨기는 걸 금기시했다. 심지어 '터럭 하나라도 다르면 그 사람이 아니다'라고 할 정도였다. 또 그림에 그 사람의 정신과 기운이 담겨야 한다고 생각했다. 한마디로 겉과 속이 그대로 드러나야 한다는 거다. 그러니 초상화는 결코 만만한 그림이 아니었다.

초상화는 왜 그리려 했을까? 초상화는 그림 속 주인공이 세상을 떠난 후 후손들이 주인공을 기릴 때, 그러니까 제사를 지낼 때 사용했다. 그래서 더더욱 그 사람과 똑같이 그려야 한다고 생각했다. 조금이라도 다르면 다른 사람에게 제사를 지내는 셈이 되니까. 초상화는 뛰어난 실력을 지닌 화가에게 맡겼고, 심지어 어떤 사람은 아무리 비슷해도 비슷한 것일 뿐 그건 자신이 아니라고 생각해 아예 초상화를 남기지 않으려고 했다.

●

박물관에 가면 눈빛에 사로잡히는 초상화를 만날 때가 있다. 때로는 그 눈빛이 무서워 슬쩍 피해보지만 어느새 다시 그 눈빛을 보고 있다. 그런 초상화 가운데 하나가 '서직수 초상

화'다. 옛 화가의 대명사인 김홍도와 왕의 어진을 그릴 때 가장 중요한 부분인 얼굴, 즉 용안을 그린 화가 이명기가 힘을 합쳐 그렸다. 이명기가 얼굴을, 김홍도는 몸을 그렸는데, 당대 최고 화가들의 솜씨가 그대로 드러나 있다.

주인공 서직수는 두 손을 앞으로 모으고 오른쪽으로 살짝 몸을 튼 채 점잖게 서 있다. 두 발은 방향과 위치를 살짝 달리해 그림에 생동감을 주었다. 조선 시대 초상화는 의자나 바닥에 앉은 자세가 많은데, 이 작품은 주인공이 이렇게 그려주기를 원했던 것 같다.

조선 시대 초상화는 대부분 몸의 방향이 이 작품과 비슷하다. 가끔 태조 이성계 어진처럼 정면을 보고 있는 작품도 있지만, 이런 자세는 보는 사람도 부담스럽고 화가도 제대로 그리기가 힘들었을 거다. 얼굴을 살짝 돌리면 입체적으로 보이고 인상도 풍부해진다.

다시 작품으로 돌아가 맨 위부터 찬찬히 본다. 머리에 조선 시대 선비들이 집 안에서 썼던 동파관을 썼다. 아랫부분은 살짝 밝게 윗부분은 어둡게 칠했다. 얼굴은 미세한 선으로 여러 번 그어 입체감을 살리면서 피부의 질감을 생생하게 표현했다. 눈 주위나 코를 보면 미세한 선을 그어 만들어낸 효과를 확인할 수 있다.

이제 얼굴을 볼 차례. 수염과 눈썹을 보면 깜짝 놀랄 수밖에 없다. '털 하나라도 다르게 그리면 그 사람이 아니다'라는 말을 증명이라도 하는 것 같다. 62세 서직수의 눈썹과 수염이 어떻게 얼마나 났는지 바로 확인할 수 있다. 속눈썹도 놓치지 않고 표현했다. 특히 왼쪽 뺨에 난 점과 털은 화가의 뛰어난 관찰력과 사실성을 보여준다. 왼쪽 뺨에 크기가 다른 점들이 났고, 그중 한 점에 털이 났다. 보일 듯 말 듯한 털까지 합치면 모두 세 가닥이다. 이 털을 보고 있으면 집요함에 숨이 턱 막힌다.

사람 얼굴에서 인상을 결정하는 가장 중요한 부분은 눈이다. 용의 눈동자를 가장 마지막으로 그려 그림을 완성한다는 화룡점정이라는 말도 있듯 초상화에서 눈은 매우 중요하다.

그러니 화가는 눈을 가장 신경 써서 그렸을 거다. 화가는 눈 가장자리의 붉은 부분, 눈썹, 눈 주위, 그리고 눈동자를 세밀하게 묘사했다. 눈동자를 보면 지금도 상대방의 마음을 꿰뚫어보는 듯한 기운이 나오는 듯하다. 다양한 색들이 어울려 있는 눈동자에 자꾸 빨려든다.

다음은 몸을 볼 차례. 그림을 보고 있으면 마치 도포 자락이 움직이는 것처럼 느껴진다. 손가락을 도포에 슬쩍 갖다대면 천의 질감이 전해지고 손으로 잡을 수도 있을 것 같다. 주인공이 앞으로 한 발 내디디면 도포 자락이 서걱서걱하는 소리가 들릴 것 같다.

옷주름선을 부드럽고 연하게 그리고 그 주위를 약간 진하게 칠해 입체감을 살렸다. 옷주름선은 꼭 필요한 곳만 그려 번잡한 느낌이 들지 않는다. 도포도 부분부분 진하기를 다르게 해서 진짜 옷인 것 같은 착각을 불러일으킨다. 하얀 버선도 마찬가지.

천하의 김홍도도 실수할 때가 있는가 보다. 왼쪽 목과 어깨를 자세히 보면 수정한 흔적이 보인다. 어깨선을 지금보다 조금 위쪽에 그렸다가 자연스럽지 않아서였는지 살짝 지우고 지금처럼 조금 아래로 내려 그렸다. 오른쪽 어깨에서도 살짝 내린 흔적을 찾을 수 있는데, 김홍도는 더 자연스럽게 보이고 싶었는지 조심스럽게 수정을 했다.

　이 작품을 찬찬히 보면 색이 차분하고 깊이가 느껴진다. 이 작품에 특별한 비밀이 숨어 있기 때문이다. X선 촬영을 해 보니 그림 뒷면에도 색을 칠한 흔적이 나왔다. 이렇게 하면 앞에 칠한 물감이 잘 떨어지지 않을뿐더러 은은한 분위기를 만들기도 좋다. 지금 우리 눈앞에 보이는 색은 앞부분과 뒷부분이 합쳐진 색이다. 사실 뒷면에 색칠하는 배채법은 고려 시대 불화를 그릴 때도 사용한 역사 깊은 색칠법이다. 많은 수고가 들어가는 방법을 쓴 걸 보면 초상화에 기울인 정성을 짐작할 만하다.

조선 시대 최고의 화가였던
김홍도나 이명기보다 초상화는
내가 훨씬 잘 그리는 것 같아.
캬
캬
캬
난 초상화에
보이지 않는
것까지 담거든.
간식
게임
숙제
친구

그림 오른쪽 위에 서직수가 쓴 글이 있다.

"이명기가 얼굴을 그리고 김홍도가 몸을 그렸다. 두 사람은 그림으로 이름난 이들이건만 한 조각 정신은 그려내지 못했구나. 아깝다! 내 어찌 임하에서 도를 닦지 않고 명산잡기에 심력을 낭비했던가! 그 평생을 대강 논의해볼 때 속되지 않았음만은 귀하다고 하겠다. 병진년(1796) 하일 십우헌 늙은이가 자신을 평하다."

뜻밖의 평가다. 당대의 뛰어난 화가들이 그림을 그렸지만 정작 주인공은 마음에 들지 않는다고 썼다. 이처럼 뛰어난 초상화에 주인공은 왜 불만을 드러냈을까? 그는 자기가 생각한 자기 모습이 그림에 안 보인다고 했다. 그건 아마 화가들에 대한 못마땅함이라기보다 자기가 살아온 인생에 대한 아쉬움인 듯하다. 학문에 정진해야 할 때 정진하지 않고 다른 취미에 빠져 깊이 있는 정신을 만들지 못했다고 후회하는 듯 말한다. 바로 다음 그래도 자기는 나름대로 올바르게 산 것 같다는 자부심을 드러내고 있긴 하지만. 이 글을 통해 조선 시대 때 초상화를 주인공의 일생을 담은 거울로 생각한다는 걸 알 수 있다.

조선 시대 사람들이 초상화를 보이는 대로 그려야 하고 또 정신을 담을 것을 강조한 이유는 초상화가 단지 자기를 닮은 그림이 아니라 자기 자신이자 자신의 인생에 대한 평가라고 생각했기 때문이다. 자신을 본 적이 없는 후손들이 대대로 초상화를 본다는 점이 이런 생각을 강화시켰다.

초상화에 있는 글을 보면 네 글자를 까맣게 지우고 그 옆에 '명산잡기(名山雜記)'라고 다시 썼다. 아무리 생각해도 꺼림칙했나 보다. 그 글자를 두고 고민을 거듭하던 서직수의 모습이 상상된다. 다른 것도 아닌 초상화에 쓰는 자기 인생에 대한 평가이기 때문에 고심은 더욱 깊었을 것이다. 본인이 솔직하게 생각하는 나와 보여주고 싶은 나 사이의 갈등이다.

어디 서직수뿐만일까. 모든 초상화 한구석에는 까맣게 지운 네 글자가 있지 않을까. 어디 초상화뿐만일까, 어디 그들뿐만일까.

채우면서 비우기

법화경 그림

　불교회화 전시실에 들어서면 경건함과 숭고함이 밀려온다. 사람보다 몇 배나 큰 불교 그림 앞에서, 불경 속 세밀한 그림 앞에서 내가 저절로 낮아진다. 종교미술의 힘이란. 게다가 경이롭다. 어떻게 이렇게 그릴 수 있을까.

　법화경, 즉 '묘법연화경' 그림도 마찬가지. 이 그림을 보고 있으면서도 어떻게 그렸는지 믿기지 않는다. 이 책은 병풍처럼 접혀 있어서 보려면 펼쳐야 한다. 지금 우리가 보는 책과 꽤 다르다. 이 책의 제목은 '묘법연화경 권제이'로, 제목 글씨는 한눈에 봐도 단정하게 잘 썼다. 묘법연화경은 불교에서 가장 귀하게 여기는 불교 경전 가운데 하나다.

표지부터 예사롭지 않다. 꽃 네 송이로 장
식했는데, 노란 건 금이고 하얀 건 은이다. 귀한
금과 은으로 꽃을 화려하고 세밀하게 그렸다.
꽃 주위는 은으로 줄기와 잎을 숨 쉴 틈 없이 장
식했다. 테두리라고 무심히 대하지 않았다. 굵은
금선으로 테두리를 그리고 그 안을 당초문으로
채웠다. 어느 것 하나 허투루 넘어가지 않았다.

경전을 펼치면 네 면에 걸쳐 금으로 그린 그림이 나온다.
한 치의 여백도 남기지 않겠다고 작심한 듯 그림으로 가득 차
있다. 그림을 그리고 책을 만들며 이렇게까지 정성을 쏟았다
고 과시하는 것처럼 보인다. 그림 가장 오른쪽 제목 아래 '변
상'이라는 글자가 있다. 변상은 책 내용 가운데 중요한 장면을
그림으로 그렸다는 뜻이다.

그림에서 주인공은 찾기 쉽다. 중요한 인물은 다른 사람보
다 크게 그리니까. 등장인물이 많아 복잡해 보이지만 가장 큰

인물은 단박에 찾을 수 있다. 탁자 앞에 앉아 오른손을 올리고 있는 석가모니 부처님으로 묘법연화경을 설법하고 있다.

그림은 크게 두 부분으로 나뉜다. 오른쪽은 부처님이 설법을 하고 스님들이 듣는 장면이다. 부처님 옆에는 복장이 화려한 여덟 명의 보살, 승복을 입은 두 명의 제자, 덩치 좋은 사천왕이 부처님 옆과 뒤로 줄지어 섰다. 요즘 정치인들이 기자회견을 할 때 함께 일하는 사람들이 그 뒤로 늘어선 것과 비슷하다.

부처님이나 보살들의 인상이 좋아 보인다. 입은 얼굴에 비해 작고 볼에 살이 붙었다. 부처님 앞에 앉아 있는 스님들 머리에 살짝 금칠을 해 깎은 머리가 더욱 실감난다. 부처님, 보살, 스님 옷에 모두 구불구불한 주름이 가득하다. 선들이 온통 움직인다.

이 선들을 보면 사람의 손끝으로 가능한 일일까 싶은 생각이 든다. 이렇게 가는 선으로 흐트러짐 없이 그림을 그린다는 건 너무나 어려운 일이다. 게다가 금물에 섞인 아교는 특성상

몇 초 안에 마른다. 이런 작업은 오랜 경험과 종교적인 믿음이 어우러져 가능했을 터. 또 그림을 그릴 때 잡생각을 없애고 마음을 비워야 그릴 수 있다. 가득 채우며 비워가는 그림이 바로 이런 그림이 아닐까? 선 하나를 그으며 마음 하나를 비운다.

그림 왼쪽은 중요한 설법 내용인데, 경전의 내용을 풀이한 것이라 무엇을 나타내는지 첫눈에 알아보기 힘들다. 왼쪽 위에 보이는 집은 불타고 있고, 마당에는 입에서 불을 내뿜는 악귀와 혀를 날름거리는 뱀이 돌아다닌다. 위험천만한 상황인데 어찌 된 일인지 아이는 피할 생각을 하지 않는다.

그러자 오른쪽 담장 밖에 있는 아이의 아버지가 꾀를 내 아이에게 밖에 타고 놀기 좋은 수레가 있다고 말한다. 그제야 아이는 불타는 집 밖으로 나온다. 아버지 뒤쪽에 위에서부터 차례로 사슴, 양, 소가 끄는 수레가 놓였다. 이 이야기에는 부처님이 사람의 수준에 맞는 방법으로 깨달음을 얻을 수 있도록 도와준다는 뜻을 담았다.

집 아래쪽, 한 사람이 긴 창 혹은 막대기를 들고 호랑이를

쫓아내고 있고, 앞쪽에 여우 두 마리가 달려간다. 경전을 비방하고 경전을 읽고 쓰는 사람을 미워하면 지옥에 떨어지고 나중에 여우와 같은 동물로 환생해 사람들에게 고통을 당한다는 이야기다. 왼쪽 아래에도 경전과 관련된 내용이 계속된다.

그림 왼쪽부터 본문이 시작된다. 본문의 글씨는 생생하고 흐트러짐이 없다. 이렇게 한 자 한 자 쓰기 위해서는 그림을 그리는 것 못지않은 실력과 정성, 믿음이 필요했다.

•

묘법연화경은 일곱 권으로 구성된다. 이런 정성으로 일곱 권을 만들었다니, 입이 다물어지지 않는다. 아쉽게도 일곱 권 가운데 2, 3, 4, 7권만 전한다. 7권 끝에 1385년에 만들었다는 기록을 통해 제작 시기를 알 수 있다.

고려 사람들은 왜 이렇게 정교하고 화려한, 입이 떡 벌어지는 불경을 만들었을까? 고려 사람들은 불경을 쓰고 만들고 읽으면 부처님의 도움을 받을 수 있다고 믿었다. 그래서 가장 좋은 재료로 최고의 정성을 기울여 불경을 만들었다. 덕분에 고려의 경전 만드는 솜씨는 중국에서도 최고로 인정받았고 경전 장인들이 중국에 진출하기도 했다.

세밀한 그림을 만나면 진열장에 코를 박을 듯 가까이에서 본다. 경전을 그리고 쓰는 장인이 어느 순간 삼매경에 빠지듯이 경전을 보는 나도 어느 순간 넋을 잃고 그림에 빠져든다. 어쩌면 이 불경은 고려 사람들이 후손에게 전해주는 '멈추고 빠져들기' 초대장일지 모른다.

손결·손길·눈길

나전 칠 연꽃넝쿨무늬 옷상자

박물관 2층 끝에 있는 목칠공예실은 조용하고 한적하고
여유롭다. 전시실 한쪽 창문 밖으로 계절마다 다른 풍경이 보
인다. 이곳에 들어서면 발걸음이 편안하고 가볍다. 멀지 않은
옛날, 일상생활에서 사용하던 손때 묻은 목가구들이 턱턱 놓
였다. 어떤 것은 안방에, 또 어떤 것은 사랑방에 놓였겠지. 목
가구 사이를 어슬렁거리다 우아한 옷상자 앞에 멈춘다.

이 나전 상자는 언뜻 검은색 같기도 하고 갈색 같기도 하
다. 밤하늘을 보는 것 같다. 깊고 그윽하고 우아하다. 깊은 비
밀을 감추고 있는 것 같다. 깊고 깊은 짙은 색은 나전을 드러
내는 훌륭한 배경이다. 바탕이 밝았다면 나전의 반짝임이 잘

보이지 않아 우아하기 어려웠을 거다. 나전칠기를 만든 장인은 깊고 그윽한 색을 만들기 위해 상자에 옻을 칠하고 또 칠하는 수고로운 작업을 반복했다. 그 수고로움 덕분에 신비롭고 볼수록 빨려 들어가는 깊은 밤하늘이 탄생했다.

흔히 전복, 소라, 진주조개 껍데기로 무늬를 만드는 나전은 빛을 어떤 방향으로 어떻게 받는가에 따라 빛깔이 달라진다. 주변 상황에 따라 카멜레온처럼 변신한다. 밝은 빛에서 볼 때와 은은한 빛에서 보는 나전은 다르다. 보는 각도에 따라서도 다르다. 시시각각 달라지는 나전은 생동감이 넘치다 못해 살아 있는 듯하다. 그러니 나전으로 표현한 연꽃은 살아 있는 꽃인 셈이다. 세상에 태어났을 때부터 지금까지 쭉.

그런데 연꽃이 여러 조각으로 금이 가고 갈라졌다. 어떻게 된 일일까? 나전의 주요 재료들은 판판하지 않다. 넓적한 곡면을 평면에 붙이려면 두드려서 펴야 하는데, 그러다 보면 여러 조각으로 깨진다. 이때 금이 생기는데, 이 금들은 몸에 피를 공급하는 혈관처럼 나전 상자에 활력을 준다.

상자 뚜껑의 윗면을 보면 꽃이 가득한 꽃밭 같기도 하고, 연꽃이 한가득 피어 있는 연못 같기도 하다. 어떻게 보면 밤하늘에 총총히 떠 있는 별처럼 보인다. 깊은 바탕은 깊고 때로는 빨려 들어갈 듯한 밤하늘 같고, 반짝이는 나전은 밤하늘의 별처럼 보인다. 고흐의 '별이 빛나는 밤' 같다.

뚜껑을 휘두르고 있는 줄기들은 꽃에게 질서를 부여한다. 그 안쪽으로 이어진 줄기들도 마찬가지다. 줄기는 꽃에 생명을 부여하는 생명선이자 서로서로 이어주는 관계의 선이다. 부드럽고 유연하고 리듬감이 있다. 줄기를 따라 크리스마스트리에 달린 전구처럼 꽃들이 달렸다. 한 송이는 꽃봉오리, 다음 송이는 활짝 핀 꽃. 나전 상자를 만든 장인이나 주문한 사람이나 얼마나 고심해서 디자인했을까. 뚜껑 윗면뿐만 아니라 옆면도 파도치는 듯한 줄기가 감싸고 있다. 아래 상자의 옆면도 비슷하다. 잘 보이지 않는 곳이라고 소홀히 여기지 않았다.

줄기에 난 잎사귀들도 빼놓으면 곤란하다. 너무 크지도, 너무 작지도 않은 적당한 크기다. 더 크면 연꽃으로 눈길이 덜

갔을 테고 너무 작으면 허전하다. 잎사귀는 바람에 흔들리는 것처럼 나전에 보이지 않는 바람을 일으킨다. 꽃마다 줄기마다 잎사귀마다 각자의 역할이 있다. 보물 상자 같은 이 나전 상자에 관복 같은 중요한 옷을 담았다.

●

장갑을 끼지 않은 손으로 상자를 만지면 손의 따스한 기운이 꽃에, 꽃의 생동하는 기운이 손에 전해질 것 같다. 나전칠기의 깊은 색이 손을 물들일 것 같다. 뚜껑을 들어올리면 부드럽게 열리고, 살짝 놓으면 공기가 스르르 빠져나가며 조용하게 닫힐 것 같다.

우울한 날, 이 상자를 잠시 쳐다보면 우울함이 훨훨 날아가지 않을까. 특히 이 나전 상자를 주로 만졌을 조선의 여인들은 더욱 그랬을 거다.

나전칠기는 결코 만들기 쉽지 않았다. 제작하는 시간도 오래 걸리고 비용도 많이 드는 데다 필요한 기술 수준이 무척

높았다. 나무이기 때문에 오랜 시간 무사하려면 특별한 행운이 필요했다. 지금 전해지는 고려 시대의 나전칠기는 무척 드물고, 남아 있는 것들도 대부분 경전을 담는 함 같은 불교 관계 유물들이다. 조선 전기 때 작품도 드물고 조선 후기 특히 19세기쯤에야 대폭 늘었다. 여러가지 기법으로 다양한 무늬를 나타냈는데, 어떤 것은 숨쉴 틈 없을 정도로 빽빽하다. 박물관에서 만나는 나전칠기 대부분이 이 시기의 작품들이다.

나전 상자에는 손결과 손길과 눈길이 켜켜이 쌓이고 담겼다. 칠을 하고 시간을 기다려 또 칠을 하던 장인의 손결이, 먼지가 쌓일 새라 상자를 닦고 정갈하게 옷을 담던 조선 여인의 손길이, 이제는 그것을 응시하는 관람객의 호기심 어린 눈길이 나전 상자에 숨결을 보탠다.

오늘도 눈길을 하나 쌓는다.

사유를 사유하는 시간

두 반가사유상

만약 국립중앙박물관에서 단 한 점의 유물을 봐야 한다면 무엇을 꼽을까? 대부분 머뭇거리지 않고 '금동반가사유상'이라고 답하지 않을까.

나도 마찬가지다. 예전에는 지금 전시실보다 작은 공간에 반가사유상이 전시되었다. 전시실 입구를 불투명한 유리로 가려 밖에서는 반가사유상이 희미하게 보였다.

유리를 돌아 선명한 반가사유상을 보는 순간 꼼짝없이 얼어붙는다. 압도적인, 그러나 권위적이거나 위압적이지 않은 부드러운 힘이 나를 빨아들인다. 오직 반가사유상과 나뿐인 아날로그 공간에서 압도되는 몰입감을 경험한다. 그럴 때면 나는 비록 불교 신자는 아니지만 나를 낮추며 반가사유상을 절로 올려다보게 된다.

금동반가사유상은 국립중앙박물관에서뿐만 아니라 우리나라 미술을 대표하는 걸작이다. 그뿐만 아니다. 여러 해외 전시에서 전세계인들에게 호평을 받았다.

유명한 반가사유상은 두 점이다. 한 점은 좀 더 장식이 많은 국보 78호, 다른 한 점은 장식이 단순한 국보 83호다(요즘은 지정번호를 쓰지 않지만 이 글에서는 두 점을 구분하기 위해 지정번호를 쓴다). 두 점 모두 최고의 걸작으로 손꼽히지만 국보 83호 반가사유상이 더 널리 알려졌다. 그러나 어느 작품이 더 뛰어난가는 보는 사람의 취향에 따라 달라질 뿐 우열을 가리기 어렵다. 그저 국보 83호 상이 약간 늦게 만들어진 것일 뿐.

2021년 늦가을, 반가사유상 두 점만 전시하는 전시실이 문을 열었다. '사유의 방'이다. 명작 중의 명작을 담기 위해 사유의 방은 반가사유상이 자리한 공간뿐만 아니라 들어서면서부터 나갈 때까지 관람객의 동선까지 고려해 치밀하게 만들었다. 은은한 어둠속에 고요히 빛나는 반가사유상 두 분이 전시실에서 관람객을 맞는다.

사유의 방에 들어서는 순간, 만나고 싶은 연예인을 눈앞에서 직접 보는 기분이 든다. 나도 모르게 발걸음이 바빠진다. 의식적인 노력이 필요한 순간이다. 천천히 발걸음을 옮기면서 반가사유상의 인상이 어떻게 바뀌는지를 직접 느껴본다. 반가사유상 앞에 가면 잠시 인증 사진 찍기 대신 내 눈으로, 내 감각으로 반가사유상을 직관한다. 두 점 사이에 서서 두 점을 번갈아 보다 국보 83호 금동반가사유상 앞으로 간다.

1. 국보 83호 금동반가사유상

이 금동반가사유상은 보는 위치에 따라 느낌이 달라진다. 앞에서 볼 때, 옆에서 볼 때, 뒤에서 볼 때 다 다르다. 앞에서도 앉아서 올려다볼 때, 서서 마주 볼 때가 다르다. 이 작품을 만든 장인은 예배자가 바닥에 앉아 우러러보는 것을 염두에 두고 만들었을 거다.

아래쪽에서 올려다보면 이곳저곳으로 옮겨다니던 눈길이 끝내 미소 짓는 얼굴에 닿는다. 단순하고 간결한 신체와 손이 만들어내는 운동감은 눈길을 얼굴로 이끄는 데 한몫한다. 만약 그렇지 않았다면 산만하게 느껴졌을 거다. 반가사유상의 미소를 만나는 그 순간, 보는 사람의 마음에도 미소가 번진다. 그러면서 배를 집어삼킬 듯 출렁거리던 마음이 슬며시 잔잔해진다.

반가사유상이 만들어지고 천수백 년의 시간이 흐르는 동안 얼마나 많은 사람이 이 앞에 있었을까. 그들은 반가사유상에 어떤 마음을 풀어놓았을까. 또 어떤 소원을 빌었을까. 그 많은 사람을 품고 그 많은 마음을 어루만지고 또 수없는 소원을 들어준 반가사유상은 넓은 바다 같다. 삼라만상 모든 일을 보듬는 바다다. 반가사유상은 과거와 현재와 미래를 하나로 잇는다.

이제 일어서서 반가사유상을 본다. 머리에 쓴 관, 얼굴, 상체, 팔과 손가락, 다리까지 더 이상 빼거나 보탤 것이 없다. 목걸이와 팔뚝에 두른 장식도 단순하기 그지없다. 단순하지만 단단하다. 그 힘은 자연스럽고 탄탄하게 연결된 몸 덕분이다. 얼굴에서부터 팔, 다리를 따라 가상의 선을 그으며 천천히 따라가다 보면 부드러우면서도 긴장감 있는, 때로는 여유롭다가 급하게 연주되는 음악을 듣는 기분이다.

단순함에도 차이를 두어 변화를 주었다. 옷주름이 그렇다. 의자를 덮은 주름은 폭포에서 물이 흘러내리는 것 같다. 오른쪽 다리 바로 아래 옷주름은 그보다 덜 복잡하게, 오른쪽 무릎은 몇 줄의 선으로, 상체와 얼굴은 더 단순하게 표현했다.

힘을 주어야 할 부분은 놓치지 않고 힘을 주었다. 오른쪽 뺨에 댄 손가락들, 특히 새끼손가락을 보는 순간 내 손가락에도 힘이 들어간다. 사유하는 자세를 자연스럽게 만들려고 살짝 올린 오른쪽 무릎의 탄력적인 곡선과 날카롭게 솟은 몇 줄의 옷주름이 팽팽한 긴장감을 일으킨다. 사유에 몰두하다 자기도 모르게 다다른 절정의 순간을 약간 구부러진 오른쪽 엄지발가락으로 묘사했다. 예리하게 관찰하고 표현한 걸 보면

'명품은 디테일에 강하다'는 말이 새삼 떠오른다.

　주변을 천천히 걷다가 뒤쪽에서 발길을 멈춘다. 머리 위쪽에 뾰족한 뭔가가 달렸다. 처음 본 사람들은 깜짝 놀라며 고개를 갸웃거린다. "도대체 이게 뭐지?" 이건 부처의 빛을 상징하는 둥그런 광배를 꽂는 장치인데, 광배는 어디론가 사라지고 꽂이만 덜렁 남았다.

　뒤쪽에서 잠시 멈춘다. 고개 숙인 뒷모습에 멈칫한다. 반가사유상은 뒷모습으로도 말한다. 지금은 깊고 깊은 사유의 마지막 순간이라고. 사유의 순간을 상상하다 어느덧 그동안 지나온 나의 인생으로 생각이 이어진다.

　이 상은 삼국 시대인 7세기 전반에 만들어진 것으로 추측한다. 세 나라 중 어느 나라에서 만들어졌는지는 정확히 모르지만 많은 연구자가 신라의 작품일 가능성이 높다고 생각한다. 백제에서 만든 것으로 추정하는 사람도 있다. 이 상은 미륵보살이나 석가모니가 출가하기 전 태자 시절의 모습이라고 짐작하지만 정확하지 않아 이름에 붙이지 않았다. 그런데 생로병사의 문제를 깊이 고민하던 태자 시절에 저런 깊은 미소가 나왔을까 싶다.

2. 국보 78호 금동반가사유상

이번에는 국보 78호 금동반가사유상 차례다. 국보 83호 금동반가사유상과 쌍벽을 이루는 작품으로, 전체적으로 인상도 비슷하고 작품을 보는 방법도 같다. 우러러보고 앞에서 보고 돌면서 본다.

이 반가사유상도 깊은 생각 끝에 어려운 문제를 해결한 것처럼 살짝 미소를 머금었다. 더 근원적인 문제였던지 미소가 더욱 깊다. 이 상은 앞모습과 옆모습이 사뭇 다르다. 앞에서 보면 미소가 살짝 번지고 옆에서 보면 미소가 활짝 번진다. 그래서 앞에서는 좀 진지하고, 옆에서는 인간적인 느낌이 든다.

기본적인 모습은 국보 83호 상과 비슷하지만 세부는 다르다. 가장 두드러진 점은 머리에 쓴 관이다. 왕관처럼 생긴 이 관은 큰 산 같은 세 개의 장식과 좌우 장식 위에 초승달과 태

양으로 짐작되는 장식이 붙었다. 산 위에 떠오른 해와 달처럼. 관 테두리의 끝부분에서 두 줄의 띠가 흘러내린다.

또 다른 점은 천의라는 숄 같은 옷을 몸에 둘렀다는 점이다. 이 상에서는 천의가 중요한 역할을 한다. 어깨에 걸친 부드럽고 세련된 천의의 양끝을 들어올려 이 상에 힘을 부여했다. 살짝 날아가는 듯하다. 상체 양쪽을 따라 내려간 천의는 다리 위에서 교차되면서 천천히 흐름을 이어가다 다시 양쪽 다리로 내려오고, 다시 급격하게 손목과 팔뚝을 180도 회전한 후 허벅지를 타고 의자 위로 흘러간다.

의자를 덮은 옷주름도 다르다. 평면적인 느낌이다. 다리에 흘러내린 옷주름은 잔잔한 물결처럼 흘러내린다. 특히 이 상은 리본 같은 장식을 잘 활용했다. 배꼽 부근에서 단정하게 매듭지은 허리띠 장식이 보인다. 양쪽 허리 아래로 띠드리개가 유연하고 부드럽게 늘어졌다. 뒤쪽에는 머리카락을 양 갈래로 나누어 늘어뜨리고 그 끝을 묶었다. 이 머리카락을 처음 봤을 때 웃음이 나왔다. 신의 영역에서 인간의 영역으로 내려온 것 같아서.

78호 반가사유상도 83호 반가사유상과 마찬가지로 제작 배경에 대해 알려진 것이 적다. 대략 6세기 후반에 만들어진 것으로는 추정하지만, 어느 나라에서 만들었는지는 모아지는 의견이 없다. 이 상은 깊은 미소를 간직한 작품으로, 한편으로는 고요하고 한편으로는 천의 자락과 옷주름이 만들어내는 운동감을 함께 느낄 수 있다.

•

사유의 방은 국립중앙박물관을 대표하는 브랜드가 되었다. 사람들이 끊이지 않고 밀려와 예전 전시실에서처럼 고요하게 이 상을 만나기 어렵다. 그래서 사람들이 붐비는 시간을 피해 이곳을 방문한다. 야간 개장을 하는 수요일이나 토요일 저녁 8시 무렵이다. 운 좋으면 넓은 공간을 혼자 차지한다. 그럴 때면 한결 여유롭게 돌아다니며 마음 편히 이런저런 상상을 한다.

관람객도 모두 떠난 불 꺼진 전시실. 드디어 반가사유상도 퇴근할 시간, 반가사유상은 무엇을 할까? 같은 자세로 앉아 있었다고 팔과 다리를 쭉 펼까, 미소 짓느라 굳기 직전인 입을 이리저리 움직일까, 하루종일 말 한마디 못한 채 옆모습만 본 반가사유상에게 서로 수고했다는 말을 건넬까?

돌 속 부처

감산사 미륵보살입상과 아미타불입상

불상계의 어벤져스가 한자리에 모였다. 이들은 한 시대를 주름잡던 스타들로, 불교조각실에 가면 한 번에 만날 수 있다. 전시실은 불상들이 내뿜는 기운으로 가득하다. 순례를 하듯 전시실을 한 바퀴 돌면 머리가 맑아진다. 불상들은 뭐가 달라도 다르다. 도는 내내 눈동자가 나를 따라다니는 것 같다. 그 불상에 끌려 다시 그 앞으로 간다.

발품을 팔고 고르고 고른 돌덩어리. 돌을 마주한 통일신라의 장인은 깊은 고민에 잠긴다. '어떻게 부처님을 조각하면 좋을까?' 또 이런 고민도 한다. '내가 할 수 있을까?' 이런저런 고민과 구상 끝에 드디어 망치와 정을 들고 돌을 쪼기 시작한다. 선택받은 돌덩어리가 새로운 생명을 부여받는 순간이다. 장인은 돌과 끊임없이 이야기를 나누고, 돌은 조금씩 부처님의 모습을 드러낸다. 그러다 어느 순간 온전한 부처님이 탄생한다. 사람을 감동시키고 또 사람들로 하여금 저절로 고개를 숙이고 합장을 하도록 만든, 나의 발걸음을 다시 이끈 불상은 이렇게 탄생했으리라.

눈앞의 '미륵보살입상'과 '아미타불입상'은 겉모습이 비슷한데, 같은 시기에 만들어 경주의 감산사라는 절에 함께 모셨다. 미륵보살상은 금당에, 아미타불상은 강당에 자리 잡았다. 당시 사람들은 미륵보살이 있는 도솔천에, 아미타불이 있는 극락세계에 가고자 했다. 두 곳 모두 이 세상과는 다른 정토의 세계였다.

사람들의 발걸음이 분주했을 절은 어느 순간 사라졌다. 다른 세상으로 사람들을 인도하던 두 불상은 고향인 감산사를 떠나 1916년에 서울로 자리를 옮겼다. 절에 있을 때는 머물던 건물이 달랐으니 이렇게 나란히 있지는 않았을 거다. 하지만 지금은 한 가족처럼 나란히 서서 예배자들이 아닌 관람객을 맞는다.

두 불상을 보면 '돌로 만든 불상이 어떻게 이렇게 살아 있는 듯할까?' 하는 놀라움이 든다. 이렇게나 단단한 돌을 어떻게 조각했을까. 장인은 불상을 조각한 게 아니라 본래부터 돌 속에 있던 부처님을 꺼낸 것 같다.

불상의 표면을 보면 거칠거칠한 돌 입자가 보인다. 한참 보다 보면 불쑥 불상을 만지는 상상을 하게 된다. 그러면 차갑고 거칠거칠한 돌의 질감이 느껴지기 시작한다. 그러다가 어느새 겹겹이 늘어진 옷주름이 진짜 옷으로 변하고 목걸이 같은 장신구가 반짝거린다. 움직이는 듯한 손끝에 내 손을 갖다 대면 그 순간 내 손을 부드럽게 잡고 살짝 미소를 지으면서 위로의 한마디를 건넨다. 불상을 둘러싼 광배의 꽃들이 은은한 향을 내뿜고, 테두리의 불꽃이 뜨겁게 타오른다. 딱딱하고 차가운 돌에 피가 돌면서 온기가 느껴진다.

1. 감산사 미륵보살입상

불상을 조각한 장인의 손길을 따라 미륵보살상을 차근차근 본다. 자판이라는 정으로 모니터에 불상을 새기듯. 아래에서 위로 올려다보면 우러러보는 느낌이 든다. 눈높이가 조금씩 위로 올라갈수록 심리적인 거리가 가까워진다. 얼굴도 옆에서 보면 인상이 좀 더 부드럽다. 눈 부분이 원래대로 있었다면 또 다른 인상이었겠지.

보살상은 양감이 뛰어나다. 통통한 얼굴, 부드러운 어깨, 적당히 살이 붙은 팔이 그렇다. 얼굴에서는 입이 특히 그렇다. 완전한 입체가 아니라 반만 묘사한 부조인데도 마치 완전한 입체인 듯 느껴진다.

목걸이를 비롯한 장신구, 천의, 옷자락은 진짜 사실적이다. 특히 양쪽 다리의 옷주름은 자연스럽게 흘러내린다. 또 손바닥의 손금이나 장신구까지 뭐 하나 허투루 넘어가지 않았다. 보관 맨 위에 조각된 부처님은 볼 사람만 보라는 듯 보일 듯 말 듯 앉아 있다.

돌로 만들었지만 움직임이 느껴진다. 아래로 내린 오른손 손가락을 살짝 구부려 움직임을 만들었다. 가슴 앞으로 올린 왼손은 손바닥을 바깥으로 향한 채 새끼손가락을 구부렸다. 앞으로 나아가려는 듯 몸을 살짝 비틀고, 오른쪽 다리를 앞으로 내밀었다. 왼쪽 어깨는 살짝 올렸다. 다리 좌우로 늘어진 천의 자락은 바람에 살랑거린다. 가만히 서 있는 자세였다면 딱딱해 보였을 거다.

몸을 둘러싼 광배는 커다란 나뭇잎 같다. 몸을 따라 두른 몇 줄의 윤곽선은 안정적인 질서를 부여한다. 줄 사이사이에 꽃을 배치해 변화를 주었다. 광배 바깥쪽에는 이글거리는 불꽃을 촘촘하게 새겨 밝은 빛 속에 있는 보살로 묘사했다. 광배 옆면에 새겨진 꽃은 하늘에서 떨어지는 함박눈 같다.

불상 뒷면에 이 불상과 절을 만든 사연을 적었다. 잘 보이지는 않지만 천천히 읽다 보면 비밀을 푸는 것 같다.

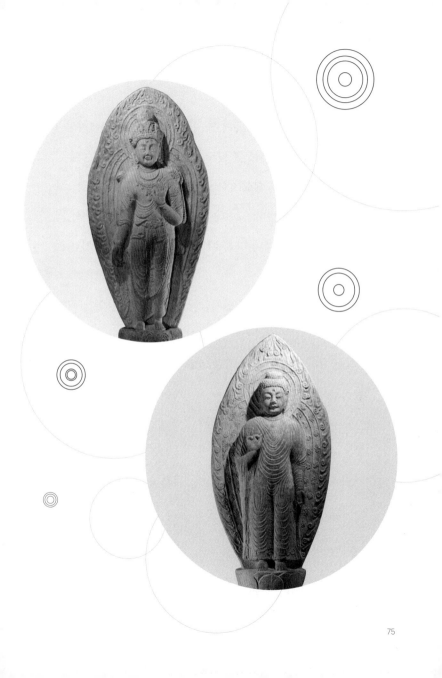

2. 감산사 아미타불입상

이번에는 아미타불상 차례. 아미타불상은 미륵보살상과 비슷한 듯 다르고, 다른 듯 같다. 전체적으로 미륵보살상에 비해 근엄하다. 미륵보살상처럼 아래에서 위로, 앞에서 옆으로 보면 인상이 달라진다. 그런데 희한하게도 어느 방향에서 봐도 부처님의 눈이 내내 나를 따라다닌다. 뛰어봤자 부처님 손바닥 안이다.

아미타불상도 양감과 입체감이 뛰어나다. 얼굴의 굴곡과 배 부분이 특히 그렇다. 장신구는 없지만 몸에 착 달라붙은 옷주름의 표현이 그저 놀랍다. 상체의 옷주름은 하나의 큰 물결을 이루며 내려오는 듯하다가 양쪽 다리 위에서 작은 주름으로 나뉜다. 부드러운 곡선과 굵게 돋을새김한 옷주름은 불상에 활력을 불어넣는다.

아미타불상의 얼굴은 근엄하다. 마치 밤바다를 지키는 굳건한 등대 같다. 몸을 틀거나 굽힌 곳이 없다. 이럴 땐 분위기 전환이 필요하다. 손이 그 역할을 한다. 위로 든 오른손은 손바닥을 밖으로 하고 몇몇 손가락을 자연스럽게 폈다. 왼손은 바닥을 앞으로 향한 채 내렸다. 가수들이 노래를 할 때 손으로 감정을 전달하는 것처럼 부처님의 손도 무언가를 말하는 듯하다. 오른손은 두려워하지 말라는 뜻이고 왼손은 말하고 싶거나 소원하는 것을 말하라는 뜻을 담고 있다. 이 아미타불상은 대지에 뿌리를 박고 너른 품을 내어주는 나무 같다. 유서 깊은 마을 입구에 자리잡은 우람한 느티나무처럼.

광배는 미륵보살상과 비슷하지만 몇몇 부분은 다르다. 아미타불상은 윤곽선 사이에 꽃을 촘촘하게 배치해 부처님 세상에 꽃비가 내리는 느낌을 준다. 뒷면에는 절과 불상을 만든 사연과 절을 세운 김지성이 절을 세운 이듬해인 720년에 세상을 떠났다는 기록이 있다.

•

두 불상은 통일신라 시대의 예술을 대표하는 작품이다. 삼국을 통일한 신라가 안정기에 접어들면서 불교문화가 꽃을 피웠다. 불교에 대한 이해도 깊어지고 돌을 다루는 기술도 발달한 데다 중국에서 유행하는 최신 불교 미술도 발빠르게 신라로 들어왔다. 때로는 신라 사람이 불교가 발생한 인도에 직접 가기도 했다. 이 작품들은 이러한 요소들이 어우러져서 탄생했다. 이러한 힘 덕분에 1,300년의 시간을 뛰어넘어 지금도 보는 사람을 감동시킨다.

푹신한 둥근 의자에 앉아 두 불상을 보고 있으면 마음이 편안해진다. 모닥불을 보며 멍하니 있는 불멍이 있는가 하면 불상을 보고 멍하니 있는 불멍도 있다. 한번 자리를 잡으면 쉽게 일어나지 못한다.

그것 봐, 내 말이 맞잖아. 돌에다 조각을 한 게 아니라 돌 속에 잠들어 계시던 부처님을 꺼낸 거야. 확실해!

아항~

여시 돌침대… 아, 아니 돌 속에서 자는 게 최고야.

고려인의 바다

물가풍경무늬 정병

금속공예실에서 낯선 유물을 만났다. 윗부분에는 뾰족하고 긴 빨대 같은 게 달렸고 몸통에는 주전자 주둥이처럼 생긴 게 달렸다.

이런 유물을 정병이라고 부른다. 깨끗한 물을 담는 용기로, 원래는 스님들이 꼭 지녀야 할 물건 가운데 하나였다. 그러다가 시간이 흐르면서 불교에서 가장 인기가 높은 관음보살이 사람들의 아픈 곳을 치료하는 물을 담는 병이자 부처님에게 깨끗한 물을 바치는 용도로 썼다. 수월관음도의 관음보살 옆에 늘 정병이 등장한다. 고려 시대에는 귀족, 관리, 도교 관련 시설, 민간에서도 징병을 사용했다. 널리 사용되다 보니 청동, 청자, 토기까지 다양한 재질로 정병을 만들었다.

정병을 사용하는 방법은 독특하다. 보통 병은 위쪽 주둥이로 물을 넣고 따르지만, 정병은 몸통에 달린 주둥이로 물을 넣고 첨대라고 부르는 빨대 같은 곳으로 물을 따랐다. 주전자와 반대다. 몸통 주둥이에는 평상시에 먼지나 불순물이 들어가지 않게 뚜껑을 달았다. 물을 담을 때는 주둥이에 천을 덮어 불순물이 들어가지 않게 한 뒤 병을 물에 푹 담가 물을 채웠다.

●

12세기에 만들어진 이 정병은 한눈에 봐도 예사롭지 않다. 물가의 풍경을 담은 이 시기 작품이 여럿 전하는데, 그중에서도 이 청동 정병을 가장 뛰어난 작품으로 꼽는다.

먼저 눈으로 정병의 윤곽선을 따라간다. 몸통, 목, 첨대로 올라가면서 두께가 알맞게 줄어들고, 몸통과 목의 곡선은 유려하면서도 긴장을 잃지 않았다. 비례와 균형이 잘 어우러진 덕분에 우아하고 기품이 있다.

정병 색은 온통 녹색이다. 대개 청동은 거무튀튀한 색으로 바뀌는데 이 작품은 녹색으로 녹슬어 기품과 연륜이 느껴진다. 얼핏 청동이 아니라 청자처럼 보이기도 한다. 녹색은 사람들에게 안정감과 안도감을 주고 또 눈을 피곤하게 하지 않는다. 그래서 다른 청동 정병보다 친근하다.

고려 사람들은 청동 표면에 홈을 내고 그 안에 은실을 끼워 넣는 기법, 즉 은입사 기법으로 문양을 표현했다. 은은 늘어나는 성질이 좋고 잘 휘는 데다 색도 좋고 반짝거려 청동에 끼워 넣는 재료로 적당하다. 이 정병은 주로 은입사 기법으로 장식한 무늬가 첨대부터 몸통까지 두루두루 있다.

목과 몸통을 경계로 위쪽은 하늘 세상이, 아래는 땅의 세상이 펼쳐진다. 몸통의 그림은 호수 혹은 강가의 풍경이다. 물에서 오리들이 여유롭게 헤엄치고 사람들은 배를 띄웠다. 물 사이사이 섬이 있고 버드나무는 바람에 흔들리고 하늘에는 새가 날아간다. 이 그림을 보고 있노라면 살랑살랑 부는 바람 소

리, 흐르는 물 소리, 배가 나가는 소리, 오리 울음소리가 들리는 것 같다. 마법의 요술램프처럼 정병 안에 소리가 들어 있어서 정병을 흔들면 소리가 나고 정지된 그림이 동영상처럼 움직일 것 같다. 이 그림을 보고 있으면 한가롭고 여유로워진다.

그림에서 배를 타는 고려 사람들을 만날 수 있다. 이들을 보면 물길을 중요시한 고려 사람들이 떠오른다. 고려를 건국한 왕건 가문은 바다를 무대로 무역을 하던 세력이었다. 바다를 통해 먼 나라들과 정보와 물자를 주고받았다. 때로는 험난한 바다를 만나 순식간에 흔적도 없이 사라지기도 했다. 하지만 멈추지 않고 배를 띄웠다. KOREA라는 이름은 바다를 두려워하지 않은 고려인들에 의해 세계로 뻗어나갔다.

물을 배경으로 버드나무, 갈대, 물새 등이 등장하는 문양을 '포류수금문'이라고 부른다. 물가의 풍경이라는 뜻이다. 이런 문양은 후대의 청자 대접 안쪽에도 많이 등장한다. 이 정병의 그림은 고려의 포류수금문 가운데 가장 뛰어난 것 가운데 하나로, 짜임새 있고 생동감 넘진다.

•

　정병에 묘사된 포류수금문을 보고 있으면 여기가 아마도 고려 사람들이 머물고 싶던 세계가 아니었을까 하는 생각이 든다. 누군가는 실제로 이렇게 살았을 수 있지만, 그림을 보는 것만으로도 배를 타고 천천히 물놀이하는 재미를 느낄 수 있다. 또 흔들리는 버드나무 아래에서 흐르는 물을 보는 듯한 기분이 들기도 한다. 끊임없이 흐르는 물에 저절로 빠져드는 물멍의 세계다. 조선 시대 사람들이 산수화를 보고 잠시 다른 세상으로 여행을 다녀온 것처럼 정병은 고려인의 산수화였을 것이다. 이런 정병이라면 보는 것만으로도 아프거나 지친 몸과 마음이 나을 것 같다.

　이 작품은 한눈에 진가를 보여주지 않는다. 멈추고 봐야 알려주고 낮추고 봐야 들려주고 돌면서 봐야 결을 내준다.

힘센 토끼

청자 칠보무늬 향로

이른 아침 신선한 숲을 산책하듯 걷다 멈추고 머물다 다시 걷는다. 그러는 사이 가랑비에 슬며시 옷이 젖듯 신선하고 청량한 기운이 온몸 구석구석으로 스며든다. 박물관에서 아침 숲 같은 전시실을 꼽자면 청자실이다. 한 바퀴 돌고 나올 때면 어느새 푸르름에 흠뻑 젖어 있다. 그곳에는 푸르른 청자들이 숲을 이루고 있다.

내로라하는 청자들이 줄줄이 늘어선 그 전시실에 조각 같은 '청자 칠보무늬 향로'가 있다. 이 청자는 손으로 빚어 만든 도자기라기보다 마치 커다란 푸른 옥을 정교하고 섬세하게 다듬은 조각 작품 같다. 몸통의 국화잎을 보면 손으로 어떻게 저

렇게 빚을 수 있을까 궁금증이 든다.

아무리 뛰어난 장인이라도 하루아침에 이렇게 만들 수는 없다. 고려청자가 처음 만들어진 후 거의 200년 동안 쏟아부은 노력의 결과다. 그사이 청자의 색은 더 깊고 푸르러졌고 선은 더욱 세련되어졌다.

●

이 작품은 꼼꼼히 살펴볼수록 놀랍다. 눈길은 가장 위쪽, 구멍이 뚫린 부분으로 먼저 가지만 아래쪽부터 보는 게 더 재밌다. 눈에 잘 띄는 부분은 아니지만 보는 순간 빙그레 웃음이 나온다. 작고 귀여운 토끼 세 마리가 향로를 메고 있다. 토끼는 무거운 짐을 졌다고 찡그리지 않고 이것쯤이야 하는 여유로운 표정이다. 토끼를 살아 있도록 만드는 힘은 바로 눈이다. 점 하나 찍었을 뿐인데 그렇다.

청자 작품에서 원숭이는 종종 찾아볼 수 있지만 토끼는 거의 등장하지 않는다. 이 작품을 만든 장인이 왜 토끼를 선택했는지는 정확히 알 수 없다. 설화에서 토끼는 달나라에서 방아를 찧거나 약을 만든다. 그래서인지 토끼는 장수를 상징하고, 유교에서는 충성스러움을 뜻한다. 어쨌든 토끼를 선택한 건 놀라운 반전이자 탁월한 선택이었다.

토끼 위로 세 곳에 살짝 홈을 낸 동그란 받침대가 있다. 그 위로 달에 착륙한 아폴로 우주선의 다리 같은 받침이 놓여 있다. 받침은 끝이 살짝 들린 탄력적인 곡선이어서 경쾌하다. 그 위로 국화잎들이 촘촘히 붙어 있다. 잎의 모양이나 잎맥이 대부분 비슷한 걸로 보아 붕어빵처럼 틀로 찍어내 붙인 것으로 보인다.

가장 위에는 FIFA 월드컵 우승 트로피처럼 둥그런 게 놓였다. 구멍이 뻥뻥 뚫린 게 그물 같기도 하다. 이런 구멍이 없었으면 답답하고 무거워 보였을 거다. 향로를 경쾌하기 만들기 위한 고려인의 승부수였을까? 구멍을 뚫지 않고 구우면 굽다가 터진다. 여기서 끝이 아니다. 동그라미가 서로 겹쳐진 연속된 무늬를 넣었는데, 이건 좋은 뜻을 담은 칠보문 가운데 하나인 전보로, 복을 뜻한다. 그래서 이 청자의 이름에 칠보문이 들어 있다.

이 작품은 안정감이 느껴진다. 칠보문 부분, 국화잎 부분, 맨 아랫부분의 높이를 비교해보면 거의 같다. 모양이 다른 3층집인 셈이다. 향로를 단순화시켜서 보면 이등변삼각형 모양으로 올라갈수록 줄어드는 비율이 알맞다. 덕분에 향로는 상승감을 얻고 토끼는 무거운 짐을 덜었다.

또 아폴로 우주선의 다리 같은 받침 아래쪽을 단순화시키면 넓적한 이등변삼각형 모양인데, 그래서 더욱 안정감 있고 듬직해 보인다.

이 작품에는 고려청자를 장식하는 중요한 기법이 여럿 사용되었다. 뚫는 기법인 투각, 틀을 이용해 만들어 붙이는 첩화, 눈을 검은 물감으로 찍은 철화, 하얀 점을 만든 상감, 받침대 옆면을 장식한 음각, 우주선 다리 같은 잎의 중심을 나타낸 양각 기법이 바로 그것이다. 이러한 기법들이 필요한 곳에 필요한 만큼 적절하게 쓰여 조화를 이루었다.

이 청자를 가장 돋보이도록 만든 건 비색이라 부르는 고려청자의 매력적인 색이다. 중국인들이 고려에 와서 고려청자를 보고 입을 다물지 못했다. 고려청자의 비색은 한마디 말로 어떤 색이라고 표현하기 어렵다. 회색 바탕에 철분 때문에 푸르게 보이는 유약을 입혀 청자의 색을 낸다.

이 작품은 마치 옥 같다. 진하지 않은 연둣빛이지만 들떠 보이지 않고 깊은 물처럼 깊다. 마치 맑고 푸른 물속을 들여다보는 것 같다. 이 청자에서 푸른색은 위치에 따라 미묘하게 달라진다. 달라지는 색을 찾아 향로 이곳저곳을 보고 있으면 스킨스쿠버가 되어 신비로운 바닷속을 탐험하는 기분이 든다.

•

고려 시대에는 향을 피우는 문화가 발달했다. 특히 국가의 중요 의식에서 향이 빠지지 않았다. 향을 피우는 자세한 규칙까지 마련되어 있었다. 그러면서 향로에도 신경을 많이 썼다. 이 작품처럼 고려청자로 만들기도 했는데, 사자나 기린, 용, 원

앙 같은 동물로 뚜껑을 장식하고 동물의 입에서 연기가 나오게 했다. 동그란 향로, 네모난 향로도 만들었다.

이 청자가 탄생한 12세기는 고려청자의 수준이 절정에 올랐던 때다. 고려 초기부터 자체적으로 청자를 생산했지만 갈색이나 누런색이 많았다. 경험이 쌓이면서 점차 녹색으로 바뀌었고 드디어 누구에게나 감탄을 자아내는 비색의 청자가 완성되었다. 이러한 청자들은 아름다운 색, 완벽한 비례, 우아한 선이 큰 특징이다. 무늬는 은은한 것이 많았다. 그러다가 상감기법이 등장하고 문양이 도드라지기 시작하면서 또 다른 길로 나아갔다.

이 청자는 고려인이 이룬 예술적 성취가 어떠했는지, 또 예술적 감각이 어떠했는지 증명한다.

해이와 자유 사이

분청사기 상감구름용무늬 항아리

예전 몽골과 러시아 국경에 있는 호수에서 저녁을 보낸 적이 있다. 해가 저물면서 동쪽 하늘에서 어둠이 밀려오기 시작했다. 해가 진 서쪽 하늘이 어둠으로 물들기까지 꽤 오랜 시간이 걸렸다. 그때 하늘은 밝음과 어둠으로 분명하게 나누어지지 않았다. 그곳에는 분명한 경계가 아니라 새로운 변화로 물들어가는 하늘이 있었다. 시대의 경계는 그 하늘처럼 분명한 선이 아니라 새로운 변화로 번져가는 과정이다.

고려를 주름 잡던 고려청자도 고려가 쇠락하면서 점차 다른 모습으로 바뀌어갔다. 짙은 푸른빛이 점차 옅어지고 속살인 태토에 불순물이 많아져 색이 어두워졌다.

무늬도 변화의 흐름을 비껴가지 않았다. 구도는 복잡해지고 어떻게 보면 대충 그린 것 같고 어떻게 보면 자유롭게 그린 것 같은 그림들이 등장했다. 공룡 같은 학, 웃기게 생긴 물고기가 대표적이다. 권위를 드러내며 멋들어지게 표현되던 용도 마치 사람을 놀래키기로 작정한 듯 파격적인 모습을 선보였다. 고려청자의 뒤를 이은 이 도자기가 '분청사기'다. 조선 초기 도자기에 일어난 변화의 한복판에 이 '분청사기 상감구름용무늬 항아리'가 있다.

겉모습을 보자. 어깨는 부드럽다. 그러다가 어깨를 지나면서 사선으로 쭉 내려왔다. 입은 높이 솟았다. 이 작품은 경건하고 엄숙한 의식에 참여한 사람 같다. 자유롭게 웃고 떠들면서 친근하게 다가오기보다 제복을 입고 굳게 입을 다문 채 떡버티고 선 것 같다. 이런 모습에서 권위라는 단어가 떠오른다. 장인은 이 작품이 중후하게 보이기를 바랐던 것 같다. 아마도 이 작품은 왕실과 관련된 의례나 국가의 공식적인 의례에 사용되지 않았을까 짐작한다.

그렇다면 공식적인 의례에서 어떤 용도로 사용했을까? 높고 입이 넓은 걸로 보아 술 같은 액체를 담지 않았을까. 의례에서 술 담는 용기는 보통 큰 편이니까. 그런데 이 분청사기에는 놀라운 반전이 기다린다. 전시된 상태로는 도저히 눈치챌 수 없다. 아래를 보면 바닥이 뻥 뚫렸다. 밑 빠진 독이다. 그럼 아무것도 담을 수가 없는데. 처음 만들 때부터 이랬던 것 같다. 왜 이렇게 만들었는지 알 수 없다.

이 분청사기는 머리부터 발끝까지 분명하게 구획을 나누어 장식했다. 분청사기의 중심 문양은 하늘을 나는 용이다. 용이라고 하면 용맹하게 하늘을 호령하며 날 것 같다. 그런데 이 분청사기의 용은 뭔가 다르다. 사람을 웃기려는 듯 우스꽝스러운 표정을 짓고 있다. 동그란 눈, 한껏 굴곡진 입, 몇 개만 남은 이빨, 숭숭 난 수염과 갈기는 하늘과 동물의 제왕과는 거리가 멀다.

이런 분위기는 몸통으로 이어지고, 꼬리는 둔중하게 마무리되었다. 앞발과 뒷발은 형식적으로 달려 있는 것 같은 느낌마저 든다. 날카로운 발톱만은 용의 발톱이라 주장하는 것 같다.

그래도 이쪽 용은 좀 나은 편이다. 다른 쪽 용은 더욱 자유분방하다. 몇 줄의 선으로 묘사한 얼굴, 톱날처럼 생긴 이빨을 보면 웃음이 비죽 새어나온다. 이래도 되나 싶을 정도다. 앞발과 뒷발은 앞서 본 용보다 더 힘이 빠졌고, 꼬리는 갑작스레 마무리되었다. 그러나 다른 관점으로 보면 자유로운 영혼을 가진 용이다. 친근하고 또 자유로운 힘이 느껴진다. 비슷한 시기에 만들어진 분청사기의 용들은 대부분 이 용과 비슷하거나 더 자유롭다. 자유롭고 파격적인 용들은 분청사기가 앞으로 어떤 길로 갈지 암시하고 있다.

분청사기의 용은 그전의 용과는 달리 틀에 갇히지 않은 새로운 시각으로 표현되었지.
맞아요, 자유로운 영혼을 가진 용 같아요!
내 스타일이야~

●

조선 전기에는 주로 분청사기와 백자가 사용되었는데 이 두 도자기가 걸어간 길은 사뭇 달랐다. 백자는 생산 지역도, 사용할 수 있는 사람도 제한적이었던 반면 고려청자의 후계자인 분청사기는 전국 여러 곳에서 생산되면서 지방의 개성이 반영되었고 사용층도 폭넓었다.

분청사기는 생김새뿐만 아니라 무늬가 큰 비중을 차지해서인지 무늬를 표현하는 기법이 다양하게 발전했다. 무늬를 파고 흙을 메워넣는 상감 기법과 도장무늬를 찍고 흙을 메워넣는 인화 기법뿐만이 아니라 아예 표면을 하얀색으로 칠하고 선을 그어 무늬를 그리거나 반대로 무늬의 바탕 부분을 긁어내 무늬를 표현하기도 했다. 하얀 바탕에 짙은 갈색 물감으로 그림을 그리거나 아예 하얀 흙물에 푹 담그는 것으로만 끝내기도 했다.

분청사기는 처음 보는 사람의 눈길을 끄는 매력이 있다. 그 힘은 개성과 자유로움이다. 조선 사람들을 웃음 짓게 만든 분청사기가 오랜 시간이 지난 지금도 사람들을 웃게 만든다. 틀에 갇혀 있지 않고 또 사물을 다른 시각으로 바라보고 표현하는 힘 때문이다. 고려가 사라지고 새로운 나라 조선이 들어서면서 생긴 새로운 분위기도 분청사기에 영향을 주었다. 권위를 담은 그릇에 슬쩍 웃음을 더한 이 항아리는 이러한 분위기에서 탄생했다.

달멍

백자 달항아리

　이 전시실에는 백자 달항아리 한 점을 위한 특별한 전시 공간이 마련되어 있다. 이런 귀한 대접을 받는 유물은 금동반가사유상을 비롯해 서너 점에 불과하다. 달항아리 앞에는 앉아서 볼 수 있도록 의자도 마련했다. 하얀 공간 안에서 우아하게 자리 잡은 백자 달항아리.

　이 백자 달항아리는 아래에서 위로, 빙 돌아가면서 봐야 한다. 아래에서 봤을 땐 크고 당당해 보인다. 항아리와 같은 높이에서 보면 보름달처럼 둥그렇게 보인다. 이렇게 본 다음 달항아리 주위를 위성이 된 기분으로 돌아본다. 한 발씩 뗄 때마다 모습이 살짝살짝 바뀐다. 이쪽에서 볼 때는 동그랗게,

저쪽에서 볼 때는 찌그러져 보인다. 불량품이라고 생각할 수도 있겠지만, 시시각각 변하는 모습이야말로 달항아리만이 가진 진정한 매력이다.

이런 달항아리의 매력은 어디에서 올까? 만들 때 위짝과 아래짝을 따로 만들어 붙인 다음 불에 굽는데, 이때 수축하면서 모양이 살짝 일그러진다. 그래서 달항아리에는 가운데 이어붙인 흔적이 남아 있다. 안쪽을 들여다보면 이런 흔적을 더 분명하게 확인할 수 있다. 이런 부분을 흠이라고 생각하면 못마땅하게 보일 테고, 자연스러운 것이라고 여기면 친근하게 보인다.

●

백자는 기본적으로 하얗다. 그런데 하얗다고 해서 똑같은 흰색이 아니다. 곁을 주지 않는 흰색도 있고 이게 백자인가 싶을 정도로 회색에 가까운 흰색도 있다. 이 백자 달항아리의 색은 우윳빛이다. 내가 손을 내밀기 주저할 때 먼저 선뜻 손을 내밀 것 같은 색이다. 이 달항아리의 온도를 잰다면 사람의 체온과 비슷한 36.5도쯤 되지 않을까.

백자는 그림을 그린 백자와 그리지 않은 백자로 나눌 수 있는데, 백자 달항아리는 그림을 그리지 않은 백자다. 단 한 점을 제외하고. 그런데 왜 그림을 그리지 않았을까? 흰색이 더 중요해서? 절약을 강조하는 분위기 때문에? 정확히는 알 수 없지만 그림을 그리지 않고 흰색을 그대로 둔 건 신의 한 수였다. 그림을 그리면 흰색은 배경이 되어버리니까.

백자 달항아리의 표면을 잘 보면 미세한 금이 보인다. 이 금을 빙렬이라고 하는데, 도자기를 굽는 과정에서 자연적으로 생긴 금이다. 이 빙렬이 백자 달항아리에 그려진 그림 같다. 때가 끼어 잘 보이는 빙렬은 마치 오랜 세월을 꿋꿋하게 견딘 노인의 주름 같다.

백자 달항아리라는 이름은 달을 닮아서 붙었다. 날마다 조금씩 모습이 바뀌는 달처럼 달항아리도 보는 위치에 따라 조금씩 모습이 변한다. 억지로 완벽하려고 하거나 틀에 맞추

려고 하지 않은 자연스러운 아름다움을 닮았다. 이런 항아리는 우리나라에서만 만들어져서 우리 미술의 특징을 잘 담고 있다는 평가를 받는다.

우리나라 추상 미술의 선구자인 화가 김환기는 백자 달항아리의 매력에 빠져 한때 하루종일 이 항아리만 보기도 하고, 그림으로 남기기도 했다.

예술가들만 그런 건 아니었다. 달항아리 앞에 서서 시간 가는 줄 모르고 넋을 잃고 감상하는 사람도 있고, 지치고 힘든 일이 있을 때면 박물관 달항아리를 찾아가는 사람도 있다. 그 앞에서 달멍을 한다. 그러면 달항아리는 넉넉한 품으로 괜찮다고 위로를 건네고, 있는 그대로 충분하다며 격려를 해 주는 것 같다.

달항아리는 텅 빈 것 같지만 사람들의 감정을 끝없이 받아들이고 또 끝없이 공감과 격려와 위로를 내준다. 이런 의미에서 달항아리는 충만하다.

달항아리를 보고 있으니 마음이
넉넉해지고 여유로워져요.
"텅 빈 충만함"인지 뭔지
알 것 같아요.

야~

의외네. 보름달빵
생각난다고 할 줄
알았는데….

웬일…

•

백자 달항아리가 만들어진 때는 17세기 후반에서 18세기 전반으로 짐작된다. 임진왜란과 병자호란이 끝난 후 전쟁의 영향으로 백자는 흰빛을 잃고 회색으로 바뀌었다가 점차 전쟁의 후유증을 극복하면서 다시 흰빛을 띠기 시작했다. 달항아리는 조선이 전쟁의 후유증을 잘 극복하고 새로운 시대를 열어갔다는 걸 말하고 있다.

백자 달항아리를 어떻게 썼는지 정확하게 알 수 없다. 술을 담지 않았을까 추측하는 정도다. 훗날에는 젓갈을 담기도 하고 오동기름을 담기도 한 것으로 보이지만 만들어질 당시 어떻게 사용되었는지 아직 연구 중이다.

이 시대의 백자 달항아리는 사람들에게 숨 돌릴 여유를 만들어준다. 백자 달항아리 앞에 선 사람들은 달항아리에 잠시 자신의 마음을 담는다. 백자 달항아리는 천 개의 강에 다양한 모습으로 내려앉는 달빛처럼 그 사람들에게 꼭 맞는 모습으로 변신을 하며 곁을 내준다.

함께 가자 우리 이 길을

창조신 복희와 여와

박물관 3층 세계문화관 앞에는 푹신한 의자가 곳곳에 놓였다. 이곳에서 지친 발을 쉬어가기 좋다. 쉬고 있으면 계속 쉬고 싶은 게 사람 마음이다. 두 다리에 힘을 주고 벌떡 일어나 길을 나선다. 이제부터는 '걸어서 세계 속으로'다.

여행하듯 천천히 발걸음을 옮기다가 중앙아시아실에서 설레는 유물 앞에서 멈춘다. 중국 신화의 주인공을 그린 그림 '복희와 여와'다. 복희와 여와는 중국 천지창조 신화에 나오는 인물이다. 오른쪽에 있는 남신 복희는 불을 발견하고 팔괘를 만들고 그물을 만들었다고 전한다. 왼쪽에 있는 여신 여와는 흙으로 인간을 만들고 하늘에 생긴 구멍을 메웠다. 놀랍고 대단하다.

원래는 따로 전래되던 신이었는데, 어느 순간 부부가 되었고 그러면서 새로운 이야기가 만들어졌다. 둘은 남매 사이인데 큰 홍수가 세상을 휩쓸었을 때 유일하게 살아남아 어쩔 수 없이 부부가 되었다고 한다.

•

그림을 보면 눈에 번쩍 뜨이는 부분이 있다. 복희와 여와가 사이좋게 어깨동무를 하고 서로 마주 보고 있다. 신이라지만 어깨동무라니. 더 놀라운 건 다리다. 다리가 있어야 할 곳에 뱀의 몸통이 있고 서로 꼬고 있다. 상체는 인간, 하체는 뱀이다. 복희와 여와가 긴밀하게 연결되었다는 걸 짐작할 수 있다. 머리와 다리 아래 있는 마차 바퀴 같은 건 해와 달, 그림 테두리에 늘어선 하얀 점들은 별자리다.

복희는 모자를 썼고 여와는 머리를 틀어올렸다. 복희와 여와의 얼굴을 보면 행복이 넘친다. 살짝 미소를 지은 데다 어깨동무까지 해서 더 그렇게 보인다. 힘을 합쳐 무언가를 해보자

고 하는 것 같기도 하다. 새로운 세상을 만들려면 협력이 필수라는 듯.

여와는 마치 연극배우처럼 이마에는 장식을, 뺨에 붉은 동그라미를 그려넣었다. 그림을 자세히 보면 눈 위아래와 목, 손에 윤곽선을 그리고 이 선 주변에 다른 색으로 선을 한 번 더 그려넣었는데, 이것은 양감을 표현하는 이 지역의 독특한 표현법이다.

둘은 어깨동무를 하지 않은 왼손과 오른손을 마치 힘자랑하는 사람처럼 'ㄴ'자 모양으로 들었다. 복희는 왼손에는 직각으로 구부러진 자인 곡척을, 어깨동무를 한 오른손에는 먹줄을 쥐었다. 여와는 집게처럼 생긴 컴퍼스를 들었다. 컴퍼스는 둥근 우주, 곡척은 땅을 상징하는 것으로, 하늘은 둥글고 땅은 네모나다는 전통적인 세계관을 뜻한다. 복희와 여와의 신화에 딱 어울리는 도구다.

다리 부분은 뱀으로 표현했다. 뱀이 서로 몸통을 꼬고 있는 모습이 마치 DNA의 이중나선 구조처럼 생겼다. 뱀의 모습을 보고 있으면 끊임없이 움직이는 것 같다. 굳이 뱀으로 표현한 건 뱀이 재생, 불멸, 다산, 풍요를 상징하는 특별한 동물이기 때문이다.

복희와 여와의 머리 위에 있는 동그란 건 해. 둘이 힘을 합쳐 해를 움직이는 것 같다. 중국에서는 해를 표현할 때 새를 그려넣었지만 이 그림에서는 사선의 햇살이 들어가 있다. 다리 쪽에 보이는 동그란 달도 마찬가지. 중국에서는 달에 두꺼비를 그려넣었지만 역시 사선을 그렸다. 바탕 곳곳을 별로 채웠는데, 복희 겨드랑이 아래쪽 별들은 다른 별들과 달리 선을 이어 별자리를 표시했다.

해와 달, 별을 보면 낮과 밤으로 끝없이 이어지는 우주 같다. 어떤 나라에서 전하는, 세상을 떠나면 우주의 별로 돌아간다는 이야기도 슬며시 떠오른다. 사실 무덤에 별을 그려넣은 건 여기뿐만 아니라 고구려 고분벽화를 비롯해 조선 시대에도 보인다.

이 그림은 원래 무덤 천장에 붙어 있었다. 그래서인지 그림을 누워서 올려다보는 상상을 하면 마치 시간을 거슬러 태초로, 근원으로 가는 느낌이 든다. 무덤의 주인공도 그렇게 느꼈을까? 이 그림은 죽은 이를 다음 세상으로 인도해주었다. 우주를 창조한 힘으로 새로운 생명을 불어넣어줄 거라 믿었다.

그림은 거칠거칠한 마 재질의 천에 그려져 있다. 그래서 가까이 보면 교차되는 씨줄과 날줄이 잘 보인다. 복희와 여와는 시간을 씨줄로 삼고 공간을 날줄로 삼아 역사를 써내려간다. 처음 무덤에 들어갔을 때도, 무덤이 잊혔을 때도, 그리고 지금도 이 작업을 멈추지 않는다. 한편으로 태초의 비밀을 간직한 마법의 그림 같기도 하다. 시간은 청색이었던 천을 짙은 초록빛으로 바꾸었다.

유물의 운명은 예측하지 못한 방향으로 흐를 때가 많다. 중앙아시아에서 일본으로, 그리고 우리나라까지 흘러들어온 이 그림의 운명도 그렇다.

원래 이 그림은 중앙아시아의 불교 유적 및 관련 유물을 수집하던 일본의 오타니 탐험대가 1910년대 초 중앙아시아 투르판 지역에 있던 아스타나 무덤에서 수집한 거다. 이 그림이 있던 무덤은 장군처럼 지위가 높은 사람이 묻힌 것으로 보인다. 일본으로 갔던 이 그림은 여러 가지 사정으로 1916년 조선총독부박물관으로 넘어왔고 지금은 국립중앙박물관에 소장되었다.

이 그림을 보면 괜시리 기분이 들뜬다. 내가 알지 못하는 낯선 세상으로 들어가는 것 같아서. 이 유물 덕분에 가본 적 없는 중앙아시아를 가본다. 유물을 직관하는 이유이자 직관의 힘이다.

인간과 불상 사이

간다라 보살상

같은 주제라도 나라에 따라 지역에 따라 표현 양식이 다르다. 불교에서 부처 바로 전 단계에 이른 존재인 보살상이 다양한 문화가 융합된 간다라 지역에서는 어떻게 표현되었을까?

인도·동남아시아실에 한 보살상이 전시되었다. 이 상을 보면 먼저 유럽 사람 닮았다는 생각이 든다. 어딘지 그리스 조각과 비슷하다. 자세나 옷 입은 모양, 특히 얼굴이 그렇다. 그런데 자세히 보면 그리스 조각과 뭔가 다르다. 이 상은 그리스가 아니라 파키스탄 간다라 지역에서 만들어졌다.

간다라는 동서양 문명이 만나는 지역이었다. 기원전 4세기 알렉산드로스왕의 원정을 계기로 오랫동안 그리스 문화가 자리를 잡았고 다른 여러 문화가 어우러졌다. 그래서 다양한 문화가 융합된 보살상이 나타났다.

이 보살상을 옆에서 보면 재미있는 점이 나타난다. 목을 살짝 숙였고, 돌은 폭이 좁아서인지 살짝 납작한 느낌이 든다. 당시 간다라 불상을 만들던 돌들은 폭이 좁고 납작해서 튀어나온 팔은 따로 만들어 끼웠다. 이런 상들은 주로 감실이라는 작은 방에 넣어놓는 용도로 만들었기 때문에 납작해도 별 문제가 되지 않았다. 앞에서 볼 때가 중요했을 테니까.

얼굴은 정면을 향하고 오른손은 들어올렸다. 몸을 자세히 보면 가만히 서 있는 것이 아니라 살짝 움직이고 있다. 왼쪽 다리를 살짝 앞으로 내밀고 이에 따라 몸도 살짝 움직이고 있어서 사람들에게 조용히 다가오는 것 같다. 이렇게 움직임을 표현하니까 살아 있는 것 같기도 하고 인간적으로 보이기도 한다.

얼굴은 눈코입이 분명해서인지 미술학원에서 데생할 때 흔히 보는 석고상 같은 느낌이 난다. 깊은 명상에 잠기거나 수

행하는 표정이라기보다 적극적으로 사람들을 바라보는 것 같다. 얼굴이 이국적이라 그런지 낯설다. 마치 파란 눈의 승려를 보는 기분이랄까. 어깨 위로 늘어진 구불구불한 긴 머리카락도 마찬가지다.

보살의 모델은 당시 왕족 아니면 귀족이었다. 그런 신분을 나타내듯 화려한 장신구로 몸을 둘렀다. 당시에는 힙스터였을 듯. 머리에는 구슬과 보석으로 장식한 장신구를 두르고, 귀에는 꽃모양 귀걸이를 달았다. 목에는 보석 목걸이와 동물모양 목걸이도 걸었다. 오른쪽 팔뚝에 커다란 장식이 붙은 장신구까지 화려하기 이를 데 없다.

몸은 건장하다. 비쩍 마르지도, 풍만하지도 않다. 작가는 옷주름에 꽤 신경 썼고, 몸에 착 달라붙은 옷 덕분에 살짝 나온 배의 굴곡과 치마의 허리선이 잘 드러난다. 왼쪽 어깨에서 오른쪽 다리로 가로지르는 두툼한 옷은 수많은 결이 있는 크로와상 같다. 왼쪽 허리를 보면 치마가 보인다. 아래로 쭉쭉 뻗은 옷주름은 시원스레 떨어지는 폭포 같다.

당시 사람들은 이 상을 만들 때 어떤 점을 강조했을까? 움직임을 적게 하고 추상적인 표현을 써서 신성함을 드러내는 대신 사실성을 강조했다. 그래서인지 이 보살상은 신이라기보다 잘생긴 모델 아니면 배우 같다. 말을 걸면 대답을 해줄 듯하다.

이 상을 떠나기 전 옆에서 다시 한번 본다. 치렁치렁 구불구불 불꽃 같은 헤어스타일. 맘에 든다. 주저하지 않고 직진하는 패기 넘치는 청년 같다. 누구나 에너지 넘치는, 이런 시절이 있었다.

열망·욕망·절망

녹유전각

옛사람들은 죽어도 다른 세상에서 다시 산다고 믿었고, 거기서 살려면 집이 필요하다고 생각했다. 집을 소유하려는 열망은 다른 세상에서도 마찬가지였다. 현실에서 누리던 크기 그대로.

하지만 살던 집을 통째로 무덤으로 가져갈 수는 없었다. 그래서 무덤을 새로운 집이라고 여겨 무덤을 집처럼 꾸미기도 했다. 고분벽화로 화려하게 장식한 고구려 고분처럼. 때로는 가야에서 발견되는 집모양 토기처럼 곡식을 보관하던 집 모형을 넣기도 했다. 이런 전통은 중국에도 있었다. 특히 중국 한나라 때는 여러 종류의 집을 도자기로 빚어 무덤에 넣었다.

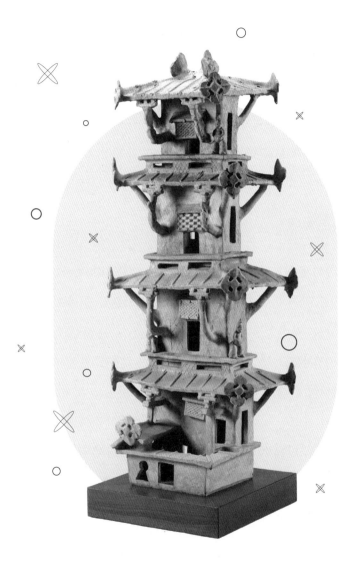

중국실에서 만나는 이 누각 모형은 중국 한나라 때 무덤에 넣은 도자기 집이다. 열망의 크기를 보여주려는 듯 하늘에 닿을 것처럼 높이 솟았다. 지붕을 받드는 구조물 때문에 더 높고 시원해 보인다. 4층짜리 집은 한꺼번에 만들기 힘들었는지 조립식으로 지었다.

●

이제 집 구경을 해 볼까. 유명한 그림책 『100층짜리 집』처럼 1층부터 한 층씩 살펴본다. 1층 담 가운데 집 안으로 들어가는 문이 보인다. 본채에는 네모난 출입문이 뚫렸고 문 위에 격자무늬 창문이 달렸다. 오른쪽에는 다락으로 올라가는 계단 같은 것이 무지개다리처럼 놓였다. 지붕 네 모서리에는 활짝 핀 듯한 꽃이 달렸는데 어찌나 큰지 여기서 나는 꽃향기가 무덤 안을 가득 채울 것 같다. 사람은 보이지 않고 고즈넉하다.

2층은 1층과 뭔가 다르다. 난간에 두 명이 서서 사방을 살펴보는 것 같다. 엉덩이를 뒤로 빼고 손을 모았다. 누가 오는지 살펴보는 것처럼. 실제 누각이라면 2층에서도 바깥이 잘 보였을 것이다. 그나저나 누구를 기다리는 걸까? 이 유물을 볼 때마다 뭐를 보고 있는 건지 궁금해 이 사람들을 들여다보며 그 사람이 된 듯한 상상을 한다. 3층은 2층과 비슷하지만 사람은 없다.

이제 마지막 4층이다. 2층처럼 두 손을 모은 채 엉덩이를 뒤로 빼고 앞을 보는 사람이 서 있다. 다른 층과 달리 집 안에 사람이 보인다. 가장 높은 곳에서 떡하니 자리를 차지한 이 사람은 누굴까. 무덤의 주인? 4층이지만 하늘 높은 곳에 있는 기분일 거다. 이 사람은 인간 세상이 아닌 신선 세상에 있는 것 같다. 뷰도 권력이다. 4층은 지붕 끝에 둥그런 암막새까지 표현했다.

높이 솟은 집은 사방에서 잘 보인다. 우뚝 솟은 집은 보는 사람으로 하여금 은연중에 머리를 숙이도록 만든다. 이것이 권력이다. 황룡사에 세운 9층 목탑이 높이로 왕의 권위를 상징했던 것처럼. 다른 세상에 가서도 그걸 누리려고 한 걸까. 실제로 누리던 걸 계속 누리기 위해 사람을 같이 묻기도 할 정도였으니까.

이 집은 유약에 납과 구리를 섞어 녹색으로 칠했다. 시간이 지나면서 점차 색이 바뀌었지만 완전히 사라지지는 않았다. 이 누각 모형은 당시 집을 본떠 만든 것으로 보거나 신선 사상과 관련시켜 보기도 한다.

하늘 높이 솟은 집은 이 세상에 존재하지 않는, 하늘 세계의 집이라는 생각이 든다. 이렇게 큰 집 모형을 빚어 무덤에 넣은 걸 보면 당시 사람들이 지녔던 열망의 크기를 짐작해 볼 수 있다.

다른 세상까지 가져가려 한 집에 대한 열망은 줄어들지 않은 채 지금도 계속되고 있다. 열망이 때로는 욕망이 되고 때로는 절망이 된다. 누각 모형은 '빈 손으로 왔다가 빈 손으로 간다'는 말을 다시 생각하게 한다. 정말 그럴까?

죽은 후에 다른 세계에서 살고자 하는 마음으로 이런 집을 무덤 속에 넣었대. 그러니까 이 집은 '영원의 집'인 거지.

나 같으면 무얼 넣었을까? 먹는 거 넣고 싶은데, 좀 그런가?

이미지 관리...

129

나의 인생 한 컷

겐지모노가타리 화첩

박물관 3층 끝에 있는 일본실. 어슬렁거리는 발걸음이 거의 끝나는 곳에 그림책이 놓였다. 겐지모노가타리 화첩이다. 한면은 그림이고, 한면은 글이다. 그림은 직관적이고 즉각적이지만 글은 서사적이고 추상적이며 이해할 시간이 필요하다. 그래서 그림을 보는 뇌와 글을 읽는 뇌는 다르게 움직인다. 이 화첩을 보려면 뇌의 모드를 괘종 시계의 추처럼 바꾸어가며 글과 그림 사이를 왔다갔다 해야 한다.

이 화첩은 일본에서 오랫동안 큰 인기를 끈 소설 『겐지모노가타리』를 소재로 한 작품이다. 11세기 초 작가이자 궁녀인 무라사키 시키부가 지은 작품으로, 귀족 겐지와 그의 후손들이 겪은 파란만장한 이야기를 담았다. 섬세한 필치로 풀어나간 이 이야기는 상류층 여성들의 관심을 끌었다.

얼마 뒤 이야기를 그림으로 풀어낸 그림책이 나왔다. 이 그림책은 그림을 감상할 줄 아는 귀족 여성들의 취향이 반영되었다. 그 후로 이 책은 오랫동안 귀족 및 무사들에게 꼭 알아야 할 교양으로 자리 잡았고 이 작품을 보는 해설집까지 나왔다. 원작자인 무라사키 시키부도 이 정도로 인기를 끌 줄은 몰랐을 거다.

이 책은 지금도 가장 중요한 일본 고전으로 꼽힌다. 여러 가지 이유 중에서 많은 사람이 등장해 사람이라면 겪는 보편적인 문제를 섬세하게 풀어갔기 때문이라는 의견이 가장 솔깃하다. 여성들에게 인기가 많았던 건 작가가 여성으로 그 시대 여성들이 겪는 어려움을 설득력 있게 묘사했기 때문이 아닐까 싶다. 또 자신의 삶을 주체적으로 결정하는 책 속 여성들에게 위안을 받았을 거다.

박물관에 있는 '겐지모노가타리 화첩'은 54장면의 그림과 그림에 대한 설명문 54개로 이루어져 있다. 말하자면 어른용 그림책이다. 오른쪽에는 그림을 그리고 왼쪽에는 그림의 설명을 적었다.

처음에는 선입견을 갖고 '음, 알록달록한 일본 그림이군' 하는 정도였다. 그러다 몇 번을 더 마주하면서 이 책이 일본에서 차지하는 위상을 알았다. 시대와 지역을 뛰어넘는 이 책의, 그림책의 매력이 궁금해졌다.

●

이 그림은 오른쪽에서 왼쪽으로, 위에서 대각선 아래 방향으로 내려오면서 보는 시선을 고려해 그렸다. 그림을 둘러싼 금빛 구름 덕분에 이야기가 전개되는 공간에 환상적이며 꿈 같은 분위기가 연출된다.

그림을 보는 사람이 그림의 내용을 한눈에 파악하게 하려면 어떻게 하면 좋을까? 작가가 선택한 방법은 전지적 투시 시점이었다. 집 안이 배경이 되는 장면이 많아 건물의 지붕을 없애고 실내가 훤히 보이도록 그렸다. 공중에서 연극 무대를 내려다보는 것 같다. 그래서 어떤 장면을 그린 건지 대번에 알 수 있다.

화첩에 나오는 인물들은 얼굴이 독특하다. 여기서나 저기서나 약속한 듯 비슷비슷하다. 그림의 상황은 알겠는데, 그 상황과는 관련이 없는 듯한 얼굴들. 왜 이렇게 그렸을까?

등장인물들의 표정을 잘 드러내지 않은 건 그림을 보는 사람이 그림에 몰입할 수 있도록 하는 장치다. 이렇게 하면 보는 사람이 적극적으로 상상하고 몰입할 수 있다. 구체적으로 제시해 상상력을 가두지 않는다. 하지만 상상력을 펼치기 위해서는 전체적인 흐름과 그 그림이 어떤 장면인지 잘 알고 있어야 한다.

단순한 얼굴에 비해 옷은 섬세하고 세밀하다. 얼굴에서 절제했던 감정을 옷에 쏟아부은 것 같다. 옷의 무늬까지 선명하게 구분할 수 있을 정도다. 처음 볼 때는 장식성이 짙은 그림이 어딘지 낯설었다. 담담한 우리나라 옛 그림에 익숙해서였을

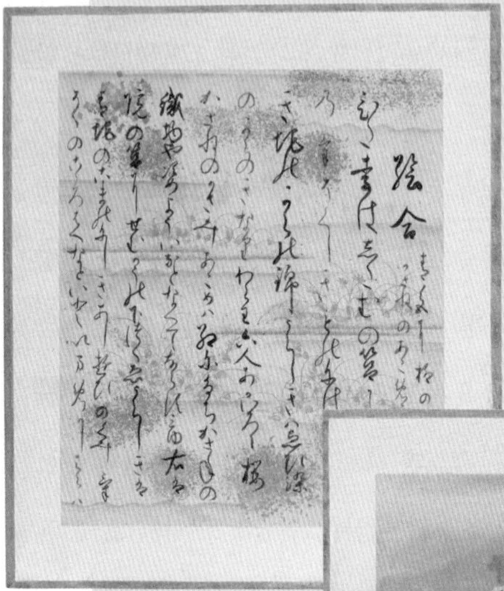
絵合

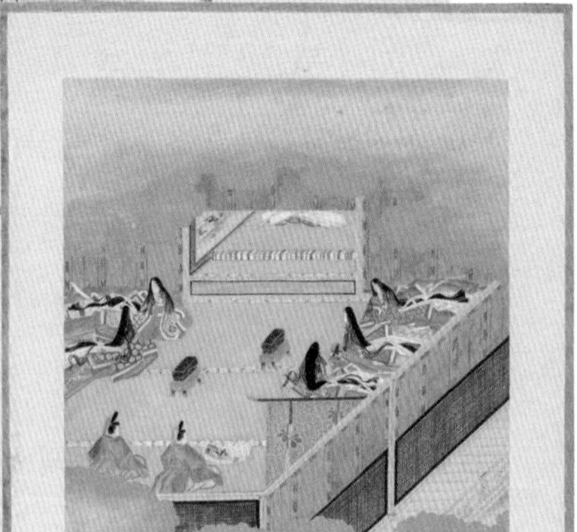

까. 그러다 자꾸 그림 앞에 멈추고 보면서 거리감은 조금씩 줄어들었다. 우리나라 그림의 세밀함과 비슷하면서도 다른 세밀함, 어딘가 다른 화려함이다.

그림의 내용을 떠나 화려한 그림 자체가 기분을 바꾸어준다. 현실에서 어떤 고민을 하고 있든 그림을 보는 동안은 그림에 빠져든다. 화첩은 그림으로 보여주는 이야기다. 읽어야 하는 글과 달리 그림은 눈으로 보는 순간 재빨리 인식된다. 그림의 힘이다. 그림을 넘기며 그림이 보여주는 이야기에 쏙 빠져든다. 겐지모노가타리가 글과 더불어 그림도 인기를 얻은 이유가 아닐까?

그림 왼쪽에는 글을 적었다. 가장 오른쪽에 이야기의 제목, 그 옆으로 그림의 내용을 소개하고 있다. 일종의 그림 해설이다. 바탕에 있는 금으로 그린 풀과 꽃을 보면 이 화첩에 기울인 정성을 알 만하다.

전시실에는 화첩의 일부분만 전시되었다. 대신 옆에 마련된 모니터에서 화첩의 모든 장면을 살펴볼 수 있다. 화첩을 보는 동안 이야기의 주인공이 되어, 등장 인물이 되어 그림과 글을 번갈아 보는 사이 어느새 마지막 장면에 다다른다. 앉은 자리에서 대하드라마 하나를 뚝딱 본 것 같다. 마지막 장면을 보고 나면 이런 기분이 든다.

'인생이 일장춘몽처럼 아득하다.'

겐지모노가타리를 보면서 긴 이야기 가운데 왜 이 장면을 선택했을까 궁금했다. 만약 나의 일생 이야기라면 어떤 장면을 선택할까. 겐지모노가타리는 겐지와 그의 자손 이야기지만 누구나 겐지모노가타리 같은 자신의 이야기가 있다. 지금 이 순간도 이야기를 써나가며 그림 한 컷을 그려간다. 그렇게 화첩 한 장 한 장을 채운다. 그 끝에 어떤 그림이 있을지 끝까지 가봐야 안다.

거닐다

잘생긴 돌멩이

주먹도끼

거대한 박물관 전시실로 들어서면 처음 만나는 유물이 바로 이 돌멩이 '주먹도끼'다. "돌멩이네!" 하고 휙 지나가면 이건 그냥 돌멩이일 뿐이다. 돌멩이를 전시한 이유를 찾는 방법은 뜻밖에도 간단하다. 가까이 가서 이리저리 살펴보기. 눈을 크게 뜨고 돌멩이를 보면 멀리서 볼 때와 다른 점이 하나둘 보이기 시작한다.

얼핏 보면 생김새는 뭐랄까, 반달 같기도 하고 만두 같기도 하다. 어떻게 보면 물방울처럼 보인다. 위는 뾰족하고 몸통 한쪽은 부드러운 반원이다. 떼어진 부분을 보면 뭔가로 충격을 줘서 만들었다는 걸 짐작할 수 있다. 이런 면은 자연적으로

만들어진 것과 아무래도 다르다.

진짜 반전은 지금부터다. 옆에서 보면 앞에서는 생각지도 못했던 날이 보인다. 요즘 쓰는 칼의 날처럼 예리하지는 않지만 돌로 만들었다는 점을 감안하면 놀랍다. 뒷면은 앞면과 달리 떼어낸 흔적이 많지 않다.

이 돌은 자연적으로 깨진 돌이 아니라 사람이 의도적으로 떼어낸 돌이다. 그러니까 우연의 산물이 아니라 창작의 산물이다. 뾰족한 끝, 예리한 날을 보면 이 돌은 단순한 돌이 아니라 '도구'다.

이 도구의 이름은 '주먹도끼'다. 지금 쓰는 도끼와 겉모습은 다르지만, 아랫부분을 두껍게 만들어 손에 쥐기 편하고 힘을 가하기 좋게 했다. 뾰족한 부분으로 뭔가를 찍거나 땅을 파고, 날이 있는 부분으로 뭔가를 잘랐을 거다.

주먹도끼는 만들기 쉬웠을까? 대충 내리쳐도 이런 모양이 만들어질까? 아니다. 이쪽을 내리치면 이쪽이 깨질 것 같은데 실제로는 예상하지 못한 부분이 깨져나간다. 그저 돌과 힘만 있다고 만들어지지 않는다. 주먹도끼를 만들기 위해서는 연습과 경험이 필요하다. 돌의 특성도 알아야 하고, 어떻게 쳐야 원하는 모양이 나올지 생각도 해야 한다.

구석기실 한 진열장에 주먹도끼를 만들 때 떼어낸 돌도 함께 전시했다. 이런 돌들을 보면 큰 돌에서 주먹도끼로 변하는 과정이 눈앞에 그려진다. 이 과정은 생각이 현실로 구현되는 과정이기도 하다. 떼어낸 돌을 보고 있으면 돌 깨지는 소리가 들리는 것 같다.

주먹도끼는 아무런 예측 없이, 생각 없이 대충 만든 게 아니다. 다시 말해 생각나는 대로 떼어낸 것이 아니라 생각한 대로, 예상한 대로 돌을 떼어내 날을 세웠다. 지금 보면 아무것도 아닌 것 같지만 인류는 오랫동안 주먹도끼를 만들면서 생각하는 힘을 키워왔다. 이런 면에서 주먹도끼를 만든 인류는 미래를 예측하는 사람이었다.

그런데 왜 수많은 주먹도끼 가운데 이 주먹도끼를 전시실 가장 앞에 전시했을까? 다른 주먹도끼와 비교해보면 이 주먹도끼는 꽤 다르다. '잘생겼다' 혹은 '보석처럼 아름답다'고 해도 될 정도다. 절대 억지 해석이 아니다. 진짜 그렇게 보이니까.

이 주먹도끼는 아름답고 균형이 잘 잡혔다. 한마디로 잘 만들었다. 주먹도끼를 만든 사람이 어쩌다 이렇게 만든 게 아니라 아름답고 좋게 만들려고 노력했고, 덕분에 성공적인 결과물이 나온 거다. 게다가 이건 다른 주먹도끼들에 비해 큰 편이다. 한마디로 크고 잘생기고 아름답기까지 하다. 이 정도면 주먹도끼 대표로 충분하지 않을까.

기능에 충실할 뿐만 아니라 아름다움까지 갖춘 이 주먹도끼를 만든 사람은 뛰어난 도구 제작자이자 예술가인 셈이다. 당시에도 이렇게 아름다운 주먹도끼를 만든 사람을 대단한 사람이라고 생각하지 않았을까.

어떤 디자이너는 이 주먹도끼를 보고 물방울 다이아몬드

같다고 말한다. 또 어떤 학자는 이런 주먹도끼는 실용적인 기능도 있지만 진짜 목적은 다른 사람, 특히 이성에게 어필하기 위한 것이라고 주장한다. 지금도 멋진 자동차로 다른 사람에게 자신을 과시하고 호감을 얻으려는 사람처럼 말이다.

생각하는 힘으로 주먹도끼는 새로운 모습으로 변화해나 갔다. 시간이 흐르면서 점점 작고 정교하고 다양한 쓰임새를 가진 석기가 등장했다. 돌을 잘 갈아 만든 슴베를 긴 나무에 꽂은 슴베찌르개는 창이 되거나 화살이 되었다. 신석기 시대의 새로운 자연환경에 빠르게 적응한 것도 축적된 생각하는 힘의 결과라고 믿는다.

●

이 주먹도끼의 고향은 경기도 연천군 전곡리다. 전곡리는 한탄강이 휘감았다 돌아나가는 아름다운 곳이다. 이곳에서 이 주먹도끼뿐만 아니라 수천 점의 구석기 시대 석기들이 발 견되었다. 아주 오래전 유물이어서 대부분 깊은 땅속에 묻혀 있었는데 몇몇 석기가 우연히 땅 밖으로 나오게 되었나 보다. 1978년 고고학을 공부한, 주한미군으로 근무하던 그레그 보엔은 여기서 데이트를 하다 심상치 않은 석기를 발견했다. 바로 이 석기가 한국뿐만 아니라 동아시아에서 처음 발견된 주먹도끼였다. 그레그 보엔과 고고학자들은 우연한 발견을 세기의 발견으로 바꾸었다.

전곡리에서 놀라운 주먹도끼가 발견된 이상 가만히 있을 수 없었다. 구석기의 비밀을 파헤치기 위해 발굴을 시작했다. 발굴 대상지가 무척 넓어서 한꺼번에 발굴하지 못하고 지역을 정해 차례차례 발굴했는데, 다 합치면 17번이 넘었다. 오랜 시간 동안 쌓인 흙을 차근차근 벗겨내는 작업이었다. 구석기 시대의 석기들이 잠든 곳까지 내려가려고 아찔할 정도로 깊이 팠다. 그곳에 구석기 시대의 모습을 알아낼 수 있는 단서가 잠들어 있었다.

구석기 시대의 흔적은 전곡리를 비롯해 전국 여러 곳에서 발견되었다. 구석기실 한반도 지도 위에 펼쳐진 주먹도끼들은 전국체전에 출전한 지역 대표 선수들 같다. 비슷한 것 같지만 조금씩 다르다.

지금 이 시간에도 박물관 입구의 주먹도끼는 백화점 입구, 가장 잘 보이는 자리에 전시된 명품처럼 반짝반짝 빛난다. 구석기는 별거 아니라는 단단한 편견을 깨뜨리면서.

석기 시대 명품 무늬

빗살무늬토기

넓은 신석기실 한가운데 홀로 전시된 토기. 이 '빗살무늬토기'는 익숙하면서도 낯설다. 빗살무늬토기 대표 선수로 책에 자주 나와 눈에 익다. 대개 이 토기를 보면 "아, 빗살무늬토기다!" 하고 외친다. 겉으로든 속으로든. 이 토기를 사진으로 보면 눈으로만 보고 휙 넘어가지만 실제 두 눈으로 보면 궁금한 점이 하나둘 생긴다. 시곗바늘처럼 돌며서 보면 더 그렇다.

이 유물은 혼자 설 수 있을까? 박물관에서는 다리가 셋 달린 보조 받침대를 사용해 이 유물을 세웠다. 그런데 옛날에도 이런 받침대로 세웠을까? 그릇이 발견된 상태를 보면 부드러운 땅에 구멍을 파고 거기에 그릇을 꽂아 사용했다.

빗살무늬토기를 가까이에서 보면 처음에는 잘 보이지 않던 비밀이 드러난다. 바로 '무늬'다. 애니메이션 〈모아나〉의 남자 주인공 마우이처럼 머리에서 발끝까지 빽빽하게 무늬를 새겨 넣었다. 위에서부터 찬찬히 보면 비가 쏟아지는 듯 촘촘하게 찍은 무늬, 점으로 연결한 마름모무늬, 가로세로로 엮은 무늬, 생선뼈무늬 등 여러 가지다.

무늬를 보고 있으면 어느 순간 무늬가 움직이는 것처럼 느껴진다. 만약 내가 앤트맨처럼 작은 사람이라면 위에서부터 무늬가 파진 골을 따라 놀이기구를 타듯 신나게 내려올 텐데. 아무래도 이 무늬를 만든 사람은 감각이 뛰어난 디자이너 같다. 만약 무늬가 없었다면 어떻게 보일까.

그런데 생선뼈무늬는 어딘지 익숙한 느낌이 든다. 눈여겨보면 지금도 생활 곳곳에 사용된다. 옷에서, 신발에서 찾아볼 수 있다. 설마라고 생각한다면 지금 주위를 둘러보시길. 옛날 사람들을 만족시킨 무늬가 지금의 우리도 만족시키고 있다.

이 무늬가 가진 안정감과 율동감이 시대를 뛰어넘는 힘이다.

그런데 토기에 왜 이런 무늬를 새겼을까? 아름답게 장식하려는 목적 외에도 다양한 가능성이 거론된다. 굽는 과정에서 튼튼해지라고, 금이 덜 가게 하려고, 풍요를 기원하려고, 햇살과 물을 상징하려고, 그전에 썼던 바구니를 본뜨려고. 어느 것이 정답이라고 할 수 없지만 각각의 관점으로 보면 무늬가 주는 느낌이 다르게 다가온다.

현대의 어느 작가는 빗살무늬에서 영감을 얻어 작품을 만들었다. 작가가 아니더라도 무늬를 따라 그리다 보면 나도 모르게 몰입하는 기쁨을 누릴 수 있다. 뜨개질을 하다 몰입하는 그 순간처럼.

그릇에 작은 구멍이 있다. 한두 개가 아니고 여러 곳에 뚫렸다. 그릇에 구멍이라니! 답은 그릇이 말해준다. 구멍은 혼자 있지 않고 근처에 짝이 되는 구멍이 있는데, 구멍과 구멍 사이에 늘 갈라진 금이 보인다. 구멍과 금이 특별한 관계가 있다는 뜻이다. 그게 뭘까?

옷이 찢어지면 바늘에 실을 연결해 꿰매듯 이 토기도 더이상 금이 가지 않게 구멍에 끈을 넣어 단단히 꿰맨 것이다. 금이 갔다고 그냥 버리지 않고 꿰매 쓰는 지혜를 발휘했다. 당시 사람들은 옷만 꿰맨 것이 아니다.

•

이 그릇에는 무엇을 담았을까? 어떻게 사용했을까? 지금 우리는 뭔가를 담거나 음식을 만들 때 사용한다. 하지만 이 토기는 아래쪽 구멍이나 그릇의 크기로 보아 음식을 조리할 때 사용했다기보다 무엇인가를 담을 때 쓴 것으로 보인다. 아마 도토리 같은 열매나 농사를 짓고 수확한 곡물이었을 거다. 일부 박물관이나 유적지에서는 토기에 도토리를 담아 전시한다. 실제로 도토리가 신석기 유적지에서 자주 발견된다. 그릇에 먹을거리를 보관했다는 건 먹고 남을 만큼 수확량이 있었다는 걸 뜻한다.

신석기실의 벽면을 가득 채운 토기 진열장을 보면 깜짝 놀란다. 전시된 토기의 크기도 다양하고 생긴 모습도 다양해서다. 마치 요즘 그릇 백화점을 보는 것 같다. 큰 것은 유치원 아이가 들어갈 만큼 크고 작은 것은 밥그릇만 하다. 또 어떤 것은 한 가족이 음식을 해먹기 적당한 크기다. 이렇게 다양한 종류라면 토기에 먹을거리를 저장하고 요리하고 나누어 먹는 일이 가능했을 거다. 특히 먹을거리를 토기에 넣어 불에 조리하면 다양한 요리가 나온다. 질긴 재료도 부드럽게 만들 수 있어 먹을 수 있는 음식 재료가 늘어나고 소화시키기도 좋다.

이 시대를 신석기, 새로운 돌의 시대라고 부르지만 사실은 토기가 실질적인 주인공이다. 신석기 시대의 다른 이름은 토기의 시대다.

토기는 말 그대로 흙을 빚어 만들었다. 흙으로 띠를 만들고 그 띠를 쌓아올렸다. 단단한 그릇이 되려면 불을 만나야 한다. 불은 흙 속의 수분을 없애고 흙 입자들이 서로 단단하게 붙도록 도와준다. 비 온 뒤에 땅이 단단해진다는 말처럼 토기는 불을 만난 뒤에 단단해진다. 이전까지 어둠을 밝히고 추위를 이기게 해주고 음식을 굽고 나무를 태우던 그 불이 이제는 단단한 그릇을 만들어낸다. 이렇게 신석기 사람들은 불을 활용하는 방법을 늘려나갔다.

•

이 유물은 서울에 있는 암사동에서 발견되었다. 암사동 바로 곁에 한강이 흐른다. 지금은 한강 주변이 정비되어 옛 모습을 찾아볼 수 없지만 옛날 사진을 보면 암사동에는 너른 모래밭이 펼쳐져 있었다. 이곳이 이 유물의 고향이다. '엄마야 누나야 강변 살자'라는 노래처럼 신석기 사람들은 물가에 많이 살았다. 구석기 시대보다 따뜻해지면서 숲이 늘어나고 강에 물고기가 늘어났다.

암사동에서는 집터가 많이 발견되었고, 또 집 안에 토기가 있던 흔적도 발견되었다. 땅을 파서 바닥을 튼튼하게 다진 다음, 나무로 뼈대를 만들고 풀로 덮어 집을 만들었다. 출입문은 남쪽을 향하게 만들어 볕을 많이 받아들이고 찬 바람을 막았다. 집 안은 지금의 원룸과 비슷한데, 여기에서 한 가족이 생활한 것으로 보인다. 가운데에는 돌로 만든 화덕을 설치해 집 안을 따뜻하게 덥히고 토기에 조리를 해서 음식을 만들었다. 집 가장자리에는 커다란 토기를 설치해 먹을거리를 보관했다. 이렇게 정성을 다해 지은 집에서 오랫동안 머물러 살았다.

신석기 시대에는 기온이 올라가면서 먹을거리가 늘어났다. 이제 먹을거리를 찾아 끊임없이 이동하지 않아도 된다는 뜻이었다. 머물러 살면서 집이 늘어나고 마을이 만들어졌다. 또 살림살이가 늘어나고 경험이 많이 쌓이면서 생각도 달라졌다. 박물관의 신석기실이 구석기실에 비해 갑자기 커지는 건 이러한 이유 때문일 것이다.

가끔 빗살무늬토기 앞에 서서 귀를 쫑긋한다. 토기 안에 꾹꾹 눌러담은 신석기 시대의 소리가 금간 틈으로 흘러나오지 않을까 기대하면서.

마법 목걸이

농경문 청동기

이제 청동기 시대다. 구석기 시대와 신석기 시대가 안갯속처럼 어렴풋했다면 청동기 시대는 손을 뻗으면 만질 수 있을 것 같다. 시간적으로 가깝고 뭔가 익숙한 유물이 많아서다. 청동기실에서 이 유물을 볼 때면 늘 설렌다. 수백 번을 봤는데도 그렇다. 바로 농경문 청동기다.

농경문 청동기는 손바닥만 하다. 크기는 작지만 청동기 시대의 모습과 청동기 시대 사람들의 바람이 무엇인지 알려주는 작은 거인이다.

농경문 청동기는 전체적인 모습, 특히 윗부분이 옛날 집과 비슷하다. 한쪽 면에는 고리가 달렸는데 옛날 집 대문 고리처

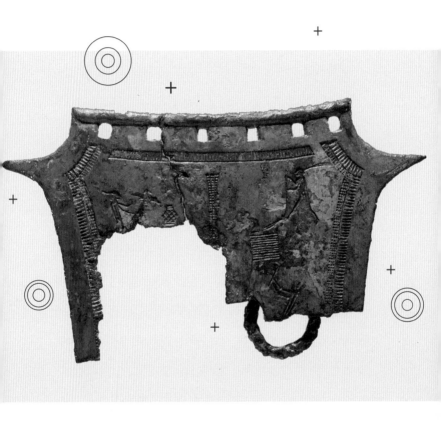

159

럼 생겼다. 고리가 있는 면과 반대 면 모두 그림이 보인다. 이게 다가 아니다. 테두리와 가운데 삼각형과 사각형 무늬를 넣었는데, 자세히 봐야 보일 정도로 정교하다.

몸풀기를 마치고 이제 본격적으로 그림을 볼 차례. 먼저 사람이 있는 면이다. 사람은 핵심만 선으로 선명하게 표현했다. 마치 요즘 운동 경기 종목을 상징하는 픽토그램 같다. 그런데 어디서부터 그림을 봐야 할까?

그림의 시작은 오른쪽 윗부분이다. 한 사람이 도구를 이용해 뭔가를 하는 중이다. 머리 뒤쪽으로 길쭉한 것이 꽂혀 있는데, 새의 깃털로 보인다. 새의 깃털을 꽂은 건 새로 변신하거나 새와 연결하려는 뜻이다. 새의 깃털은 단지 깃털이 아니라 마법의 도구다. 신체 표현을 보면 벌거벗은 남자다. 손과 발로 사용하고 있는 도구는 밭을 가는 농사 도구 따비이고, 그 바로 아래 공책처럼 그어진 줄은 밭이다.

이 사람은 벌거벗은 채 머리에 새의 깃털을 꽂고 뭘 하는 걸까? 농사가 시작되는 봄에 따비로 밭을 갈면서 농사가 잘되기를 기원하는 의례를 행하는 중이다. 아마 그는 "비나이다, 비나이다. 농사 잘되게 해주세요" 하고 빌었을 거다.

신석기 시대와 달리 농사가 중요해졌다. 조선 시대에도 왕이 봄이 되면 한 해 농사의 풍요를 기원하는 행사인 친경례를 했다. 물론 옷을 벗거나 새에게 빌지는 않았겠지만, 신에게 기원했다는 점은 같다.

다음 차례는 바로 아래 그림이다. 한 사람이 긴 막대기를 들고 있는데, 물론 야구를 하거나 골프를 치는 것은 아니다. 괭이를 힘껏 내리쳐 땅을 일구는 중이다. 농사를 지으려면 때에 맞춰 부지런히 일을 해야 한다. 그래서 "벼는 농부의 발소리를 듣고 자란다", "철들다"는 말이 생겼다. 지금도 그렇지만 옛날에는 때에 맞춰 부지런할 것을 강조했다.

다음 그림은 아쉽게도 사라져 어떤 그림이 있었는지 알 수 없다. 괭이를 내리치는 사람 다음이라면 열심히 농사지은 결실 즉 곡식을 수확하는 장면이 있지 않았을까. 청동기 시대 유적에서 자주 발견되는 반달돌칼이나 돌낫으로 곡식을 거두었을 것이다. 수확하는 사람들의 얼굴에는 함박웃음이 피어 있었겠지. 어느새 김홍도가 그린 '타작'이 떠오른다. 상상은 끝이 없다.

그 위 그림에서는 어떤 사람이 항아리에 뭔가를 담고 있다. 가을에 얻는 결실을 항아리에 담아 겨울과 봄을 난다. 수확을 한 다음 조상신이나 하늘에 있는 신에게 감사드리는 제사를 드렸을 텐데, 지금의 추석 같은 거다.

수확물 가운데 일부는 부족이나 국가를 유지하기 위한 세금이 되었다. 세금 덕분에 농사를 짓지 않는 사람들, 즉 족장이나 왕, 관리, 군인, 기술자 같은 사람들이 생활할 수 있었다. 세금은 시대의 바로미터다. 세금이 가혹한 수탈의 수단으로 바뀌는 순간 그 시대는 내리막을 걸었고, 새로운 해법을 제시한 시대가 뒤를 이었다.

이 면에 있는 그림들을 차례로 연결해 보면 하나의 이야기가 완성된다. 봄에 씨앗을 뿌리고 열심히 일해 가을에 풍요로운 결실을 거두는 과정을 담았고 또 그렇게 되기를 기원하는 내용임을 알 수 있다. 이전 시대와 달리 농사가 주된 경제 활동으로 자리 잡으면서 땅이 무엇보다 중요해졌고 사람들은 대부분 농민이 되었다. 그러면서 오랫동안 인류의 한 해 생활은 농사에 맞춰졌다.

반대 면에는 한 그루의 나무에 새 두 마리가 마주 보는 그림이 그려졌다. 이 그림을 보고 있으면 종종 공원에서 보는 솟대가 떠오른다. 이 새들은 왜 농사 그림이 있는 청동기에 같이 있을까?

당시 사람들은 새가 농사를 잘 짓게 해달라는 소원을 하늘로 전하고, 또 곡식을 물어 인간에게 전해준다고 믿었다. 새는 사람의 소원을 담아 하늘로 전해주는 전령사였다. 하늘 높이 날아오르는 새, 때가 되면 왔다가 때가 되면 사라지는 철새를 보고 새에게 인간이 지니지 못한 특별한 능력이 있다고 믿었다.

농경문 청동기는 어떻게 사용되었을까? 가장 위쪽 구멍에 단서가 숨었다. 위쪽에 있는 여섯 개의 구멍 가운데 가장 끝에 있는 두 개의 구멍은 다른 구멍보다 둥그렇고 넓다. 바로 여기에 끈을 넣고 목걸이처럼 목에 걸어 사용한 것으로 보인다. 당시 엄청 귀했던 청동기를 가진 사람은 높은 지위와 권력을 지녔다. 이런 사람이 농경의례를 주도했다. 그러니까 농경문 청동기는 풍요의 바람을 신에게 빌던 소원의 목걸이자 이 목걸이를 지닌 사람을 높이 받들도록 만드는 마법의 목걸이다.

　인류가 본격적으로 농사를 짓기 시작하고 수확물이 늘어나면서 더 많이 가져가는 사람이 생겨났다. 더 많이 가져가는 사람과 그렇지 못한 사람 사이에 빈부의 차이가 생기고 신분의 차이가 생기고 권력자가 나타났다. 농사를 지을 땅이 중요해지면서 이웃 마을과 싸움을 벌였고, 점점 강력한 부족이 생겨나다가 마침내 국가가 탄생했다.

　농경문 청동기에는 농사짓는 그림으로 국가가 어떻게 만

들어지는지 생각하게 해준다는 점에서 또 다른 마법의 목걸이다. 처음에는 손바닥만 하다고 실망하는 사람도 그림을 자세히 보고 그 뜻을 알고 나면 생각이 바뀐다.

어쩌다 다른 관람객은 없고 혼자 농경문 청동기를 볼 때가 있다. 이럴 때는 농경문 청동기를 목에 걸고 주문을 외우는 상상을 한다. 그러면 괜시리 뭐라도 된 것처럼 어깨가 으쓱해진다. 진짜로 만져보고 싶지만 그럴 수 없는 내가 할 수 있는 방법이다.

유물 백화점

다호리 1호분 출토 유물

경상남도 창원 외곽, 한적한 시골 마을 다호리. 나지막한 산이 마을을 둘렀고, 마을 앞쪽으로 넓은 갈대밭과 공터가 펼쳐진다. 여기서 더 가면 철새들이 날아와 겨울을 나는 주남저수지가 나오고 조금 더 가면 낙동강이 흐른다.

이 한가로운 마을에서 어떤 일이 일어났던 걸까? 특별할 것 없어 보이는 이 마을에서 고분이 많이 발견되었다. 오래된 무덤은 무려 2천 살이 넘었다. 수많은 고분이 발견되면서 그동안 잘 알려지지 않았던 가야 이전의 역사가 드러났다.

이 가운데 특히 내 눈길을 잡아끄는 고분은 다호리 1호분이다. 이 무덤 주인의 이름을 알 수 있다면 그 사람 이름을 따서 누구의 무덤이라고 불렀겠지만, 주인의 이름은 모른다. 다호리 1호분은 이 지역에서 첫 번째로 발굴 조사를 한 무덤인데, 마침 중요한 유물들이 쏟아져 나왔다. 이미 도굴꾼들의 손을 탔는데도 말이다.

여기서 나온 주요 유물들은 삼한실에 전시되었다. 무덤 주인이 잠든 목관을 비롯해 청동칼, 철기 여러 점, 칠기, 심지어 붓까지.

•

어떤 유물을 먼저 볼까. 무덤의 주인이 잠든 목관을 찾아간다. 이 목관은 멀리서 보면 배로 착각하기 쉽다. 하지만 가까이 가서 끝부분에 여러 군데 나 있는 구멍을 보면 그제야 배가 아니라 관이란 걸 알아챈다.

이런 관을 만들 정도의 크기라면 나무의 나이가 많았을 것 같다. 유물 설명에 따르면 이 나무의 나이는 무려 350살이고, 참나무라고 한다. 이렇게 크고 좋은 나무를 골라 자르고 파고 다듬을 정도로 신경을 쓴 걸 보면 무덤의 주인은 분명 상당히 중요한 인물이었을 거다.

무덤을 발굴했을 때 이미 무덤의 주인은 썩어 사라졌지만 많은 유물이 발견되었다. 이 무덤은 목관 바닥 아래와 주위에 여러 가지 물건을 함께 넣었는데, 특히 관을 내리기 전에 중요한 물건을 넣은 대나무 바구니를 먼저 묻었다. 바로 이 대나무 바구니 속에서 청동칼, 청동거울, 쇠도끼, 붓 등 깜짝 놀랄 만한 물건이 나왔다. 관 주위에서는 옻칠을 해서 만든 제기, 각종 철기가 발견되었다.

이 가운데 특별한 대접을 받는 유물은 청동칼 두 점이다. 칼은 딱 봐도 칼인데 칼 옆에 있는 건 뭘까. 바로 칼집이다. 지금 흔히 볼 수 있는 칼과 비슷한 점도 있고 다른 점도 있다. 칼날은 지금도 종이를 쓰윽 벨 수 있을 것처럼 날카롭다. 이렇게 양쪽에 날이 있어 찌르기 좋은 칼을 검이라고 부른다. 그러니까 이 칼은 청동검이다. 칼날은 청동으로, 손잡이와 손잡이 끝 부분은 나무로 만들었다. 손잡이 끝 양쪽과 아랫부분에 청동

으로 장식을 달아 멋을 더했다.

칼집은 대나무 마디처럼 생겼다. 칼집에 있는 결로 보아 나무로 만들었고, 일부분을 청동으로 장식했다. 나무라서 부드럽게 깎을 수 있었을 거다. 칼집 양쪽을 각각 깎아 하나로 합쳤는데, 떨어지지 않도록 특별한 장치를 썼다. 그게 무엇이냐면 바로 옻칠이다. 옻은 귀한 칠 재료로, 옻칠을 하면 번쩍번쩍 윤기가 흘러 보기도 좋고 접착제 역할을 해서 칼집을 단단히 붙게 하고 벌레와 습기도 막아준다. 옻칠은 지금도 그렇지만 옛날에도 재료를 구하기 힘들고 작업 과정도 까다로워 귀하게 대접받았다.

그런데 왜 다호리 1호분의 주인공은 정성을 다해 만든 귀한 칼과 칼집을 무덤에 넣었을까? 이 칼의 복제품을 만들어써 보니 손잡이 때문에 쓰기 불편했다고 한다. 그러니까 쓰려고 만든 게 아니라 멋있어 보이려고 만든 거다. 옛날부터 칼은 자기 힘이 세다는 걸 자랑하는 상징으로 사용되었다. 그러니까 이 칼도 칼의 주인이 권력자라는 걸 과시하는 수단이었다. 다호리 1호분의 주인은 이 일대에서 막강한 힘을 자랑하는 사람이었다. 박물관에서도 이 점을 중요시해 청동검과 칼집을 잘 보이는 곳에 멋지게 전시한 거다.

이번에는 칠기를 살펴본다. 설날이나 추석 차례상에 올라가는 제기가 바로 옻칠을 한 제기다. 이런 제기는 왠지 위엄이 있어 보인다. 다호리 1호분에서도 옻칠 제기들이 발견되었는데, 요즘 제기처럼 높은 굽 위에 원형과 사각형 받침이 있다. 이 무덤에서 제기뿐만 아니라 감과 밤도 같이 발견되었는데, 특히 감은 원형 접시에 올려져 있었다. 감과 밤은 지금도 차례상에 올라가는 중요한 과일로, 이런 풍습이 아주 오래전부터 이어졌다는 걸 알 수 있다.

알고 보면 칼집이나 제기만 옻칠한 것이 아니었다. 다른 그릇에도, 심지어 공구의 나무 손잡이에도 옻칠을 했다. 무덤 주인의 신분이 대단히 높았나 보다.

또 하나, 이 무덤에서 중요한 유물이 있다. 바로 연필보다 더 긴 붓이다. 그런데 붓털이 양쪽에 달렸다. 붓 옆에 네모나고

끝에 고리가 달린 유물이 보인다. 이건 뭘까. 고리를 잡아당기면 칼이 나온다. 그런데 붓과 칼을 왜 같이 전시했을까?

붓과 칼은 밀접한 관계가 있다. 종이가 발명되기 전에는 나무판에 글을 썼다. 먹물을 묻힌 붓으로 글을 쓰다 틀렸을 때 지우개 역할을 한 것이 바로 이 칼이다. 칼로 틀린 부분의 나무판을 깎아 깨끗하게 지운 거다. 이 칼이 삭도다. 무덤에 붓과 칼을 넣어준 걸 보면 글이 무덤 주인의 삶과 밀접한 관련이 있었다는 뜻이다. 무덤 주인은 붓과 삭도로 무슨 내용의 글을 쓰고 지웠을까?

근처 진열장에는 무덤에서 나온 철기가 몇 점 전시되어 있다. 실제로 이 고분에서 철기가 44점 나왔다. 도끼, 땅을 가는 따비, 나무를 말끔하게 깎는 자귀도 있다.

철기를 만들려면 철광석 광산과 가마를 비롯한 다양한 설비, 철광석에서 철을 뽑아내는 기술과 경험이 있어야 가능했다. 이렇게 생산한 철로 농기구도 만들고 무기도 만들고 공구도 만들었다. 철덩어리는 다른 철기를 만들기 위한 원재료가 되기도 하고 돈이 되기도 했다.

철 산업을 장악해 철기를 생산하면 돈과 권력을 얻을 수 있었을 거다. 그리고 칼과 붓은 철과 같은 물건을 거래할 때 사용했을 가능성이 높다. 붓으로 적는다는 건 단지 적는 것이 아니라 그만한 힘이 있다는 걸 뜻한다. 또한 이 당시에 문자를 사용했다는 걸 알려주는 직접 증거이기도 하다.

이곳의 권력자들은 곁에 자리 잡은 낙동강을 따라 철기를 이곳저곳으로 실어 날랐을 거다. 한반도뿐만 아니라 바다로 나가 외국까지 퍼져나갔다. 다호리 1호분의 대나무 바구니에는 중국산 청동거울이 들어 있었다. 이 청동거울은 외국과 무역을 하면서 받거나 샀을 거다. 청동거울은 권력을 상징하는 대표 유물이고, 또 귀한 것이어서 무덤의 주인 곁에 묻혔을 거다. 청동거울이 다호리의 무덤으로 올 수 있었던 건 바로 철의 힘 덕분이었다.

같은 무덤에서 나온 유물들이 여러 진열장에 흩어져 전시되고 있어 한 무덤에서 나왔다는 걸 깨닫기 어렵다. 이 유물들을 순례하듯 쭈욱 보고 나면 놀란다. "이렇게 중요하고 많은 유물이 한곳에 있었다고?" 그러면서 무덤의 주인공이 누군지 궁금해진다. '도대체 누구기에 이렇게 중요한 유물과 같이 묻혔을까?'

　　아주 오랜 옛날 다호리 사람들은 귀중한 물건을 무덤에 넣었고 먼 훗날 연구자들은 차례차례 꺼냈다. 박물관 큐레이터는 주제별로 나눠 전시했고 나는 흩어진 유물을 따라가며 퍼즐을 맞췄다.

`다호리 1호분 출토 유물` 가족 여러분, 가족사진을 찍겠습니다.

가족분들은 가운데로 모이세요. 다호리 가족이 아닌 분들은 나가 주시고요.

고구려 QR코드

호우명 청동합

가끔 식당에서 솥밥을 먹는다. 이런 솥밥을 먹을 때면 고구려실에 전시된 단단하고 야무져 보이는 청동 그릇이 떠오른다. 청동 그릇의 둥글납작한 모습이며 뚜껑과 몸통을 두른 선들이 딱 그렇다. 이 선들이 청동 그릇을 단단해 보이도록 만든다. 뚜껑에 달린 손잡이는 어린 꽃봉오리 같다. 이 그릇 안에 무엇을 담았는지 알 수 없지만 격식 있는 자리에서 사용했을 것 같다.

그릇을 만들 때 그릇에 어떤 기록을 남겨야 한다면 어느 부분이 좋을까? 첫눈에 바로 보이는 뚜껑? 아니면 잘 보이지 않는 바닥? 공방에서 도자기를 만들 때 내 것이라는 표시를 하려면 보통 도자기 바닥에 글씨를 쓰는 것처럼 보통 그릇들도 바닥에 제작한 곳을 써놓는다.

이 그릇도 마찬가지다. 그래서 이 그릇은 몸통에 뚜껑을 얹어 똑바로 전시하는 보통 그릇들과 달리 뚜껑 따로 몸통 따로 심지어 몸통은 거꾸로 뒤집어 놓았다. 굽 안쪽 가득히 쓰인 글자가 무엇보다 중요하기 때문이다. 마치 QR코드 같다. QR코드를 읽으면 대상에 관련된 수많은 정보가 나오는 것처럼 이 글자들도 어떤 이야기를 전해준다.

듬직하고 단단해 보이는 글자가 바닥을 가득 채웠다. 한 행에 네 글자씩 모두 4행이다. 오른쪽 위부터 읽어보면

"乙卯年國 罡上廣開 土地好太 王壺杅十(을묘년국 강상광개 토지호태 왕호우십)"이다.

이 말을 뜻에 따라 다시 나누면 "乙卯年 / 國罡上 廣開土 地 好太王 / 壺杅 / 十"이다. 요즘은 날짜를 뒤에 쓰는 경우가 많은데 이 그릇에는 가장 먼저 썼다.

을묘년은 육십 간지 가운데 하나다. 국강상은 왕의 무덤이

있는 곳의 이름이고, 광개토는 땅을 많이 넓혔다는 뜻이다. 호태왕은 왕을 높여 부르는 표현이고. 이 글자들은 왕의 이름으로, 왕이 죽은 후에 붙인 이름이다. 그런데 이 이름, 자주 들어봤다. 맞다, 고구려의 왕 가운데 가장 널리 알려진 광개토왕이다.

壺杅는 고구려에서 이 그릇을 부르던 이름이고, 十은 정확한 뜻은 모르지만 대략 열 개 혹은 열 번째라는 의견이 많다. 이 내용을 정리하면 을묘년에 광개토왕을 위한 호우를 만들었다는 뜻이 된다.

여기 나오는 을묘년은 광개토왕이 412년에 세상을 떠났으니까 그 이후인 415년으로, 광개토왕의 무덤을 만든 지 1년 후다. 이 그릇은 광개토왕을 기리는 제례 때 사용하려고 만든 것으로 보인다. 그러니 다른 곳에서는 절대 사용해서도, 마음대로 가져가서도 안 된다는 뜻으로 글자를 남겼을 것이다.

이때만 제례 때 사용하는 그릇에 글자를 남긴 건 아니다. 고려 공민왕은 사랑하는 부인 보탑실리 공주가 죽자 왕비의 무덤에서 제사 지낼 때만 사용하는 청자에 무덤 이름인 '정릉'이라는 글자를 넣게 했다.

이 솥의 글자 위에 기호(#)가 있다. 요즘 우리가 자주 쓰는 해시태그와 비슷하게 생겼다. 고구려 때도 해시태그가 있었나? 우리는 해시태그의 뜻과 기능은 잘 알지만 고구려 사람들이 쓰던 이 기호의 뜻은 잘 모른다. 이 기호의 뜻을 정확히 알 수 있다면 참 좋을 텐데.

그릇을 만든 때와 주인을 알 수 있는 기록이 있을 때 유물의 중요성은 훨씬 높아진다. 그 주인공이 역사적인 인물인 광개토왕인 경우라면 두말할 필요가 없다.

이 그릇에 쓰인 글씨체와 비슷한 글씨체를 어디선가 본 적이 있다. 바로 '광개토왕릉비'다. 같은 사람이 썼다고 해도 될 정도로 비슷하다. 이 비석은 호우를 만들기 1년 전인 414년에 만들었다.

·

이 청동 그릇은 어디에서 발견되었을까? 광개토왕을 위해 만들었으니 당연히 고구려 지역에서 발견되었을 거라고 생각하기 쉽지만 고구려가 아닌 신라에서, 그것도 신라의 수도 경주의 한 무덤에서 나왔다. 1946년, 해방 후 처음 우리 손으로 발굴한 무덤에서 나온 것이다. 이 무덤을 발굴한 사람들은 이 글자를 보고 얼마나 놀랐을까. 신라의 무덤을 발굴했는데 고구려 유물이 나오고 게다가 고구려 광개토왕의 이름이 적혔으니까 말이다. 아마 글자가 없었다면 신라의 유물이라고 생각했을 거다. 아무튼 호우라는 청동 그릇이 나왔다고 이 무덤은 호우총이라는 이름이 붙었다.

그런데 이상한 점은 또 있다. 알고 보니 이 무덤은 415년 무렵 만든 것이 아니라 100년 뒤에 만들어졌다는 것이다. 이렇게 되자 어떻게 청동 그릇이 고구려에서 신라의 무덤까지 왔는지 더욱 아리송해졌다.

지금까지 나온 추정은 415년 고구려에서 광개토왕을 기리는 제사가 열렸고 그때 고구려의 영향력 아래 놓여 있던 신라에서 보낸 사신 혹은 고구려에 머물던 신라인이 참여했고, 제사에 참여한 신라인이 그 기념으로 이 청동 그릇을 받아 신라에 가져왔다가 100년 뒤 무덤으로 들어갔다는 거다. 무덤의 주인공이 이 그릇을 귀중하게 여겼다는 사실은 관 안쪽 주인공의 머리 근처에 이 그릇을 놓았다는 사실을 통해 알 수 있다. 고구려의 QR코드에는 바로 이런 이야기가 담겨 있다.

금빛으로 반짝반짝 빛나지는 않지만, 오방색으로 알록달록 화려하지는 않지만, 내 눈에는 웅장한 서사시처럼 보인다. 고구려실은 신라실이나 백제실에 비해 작지만 청동 그릇 덕분에 꽉 찬 느낌을 받는다.

무덤에 핀 황금꽃

무령왕릉 왕비 관꾸미개

고구려실에서 이어지는 백제실. 다채로운 유물들이 빛나는 이곳에서 단연 내 눈길을 끄는 건 무령왕릉에서 나온 '왕비 관꾸미개'로, 여기서 '관'은 머리에 쓰는 관모다. 금빛에 혹해서이기는 하지만 그것이 전부는 아니다.

관꾸미개를 멀리서 보면 커다란 나뭇잎이 떠오른다. 가을에 끝이 뾰족한 커다란 나뭇잎이 노랗게 물든 채 흔들흔들하는 것 같다. 또 어떤 때는 크고 노란 꽃처럼 보인다. 뾰족한 꽃이 바람에 휘날리듯, 에너지를 뿜어내듯 움직인다. 관꾸미개 아랫부분은 차분한 느낌을 주는 반면 윗부분은 꼭 불꽃이 끊임없이 일렁이는 듯하다.

전체적으로 보면 관꾸미개는 그 자체로 황금꽃이다. 왕비가 움직일 때마다 황금꽃처럼 흔들렸을 거다. 황금꽃이 흔들릴 때마다 연꽃 향기가 금가루처럼 뿌려졌겠다.

관꾸미개 문양은 얼핏 보면 복잡해서 어떤 문양인지 파악하기 힘들다. 그래서인지 관람객은 종종 힐끗 보고 그냥 지나치기도 한다. 문양을 알아보려면 약간의 집중력이 필요하다. 처음에 눈을 둘 데가 마땅치 않으면 일단 가운데를 보자. 관꾸미개 가운데 꽃병이 있다. 이 꽃병 위로 연꽃 한 송이가 활짝 피었다. 연꽃은 시원하고 활달하다. 연꽃 주위로 시원한 당초문이 멋진 새의 날개처럼 우아하게 펼쳐진다.

이쯤에서 꽃병 아래쪽으로 눈을 돌린다. 거기에는 아래로 향해 있는 연꽃이 있다. 끝부분을 살짝 올린 맵시가 뛰어나다. 이 연꽃을 중심으로 당초문이 좌우대칭으로 단정하게 표현되었다.

관꾸미개 아랫부분은 꽂이와 연결된다. 이 꽂이는 두 점 모두 바깥쪽으로 많이 휘어져 있다. 이 부분은 관꾸미개보다

훨씬 두껍고, 아래쪽으로 갈수록 폭이 좁아진다. 덕분에 꽂히는 부분이 단단하게 잘 고정되었을 거다.

금판을 뚫어 복잡한 문양을 만든 걸 보니 종이를 가위로 오려 문양을 만드는 장면이 떠오른다. 관꾸미개를 만들기 위해 얇은 금판을 만든 다음, 금판에 그림을 그리고 도구를 이용해 금판을 뚫었을 거다. 특히 예리하게 각진 부분이나 꽃병의 윤곽선에서 최선을 다해 금판을 뚫던 장인의 손길이 느껴진다. 금판은 가위로 종이를 오릴 때처럼 깔끔하게 뚫리지 않아서 뚫고 난 부분을 다듬어야 한다. 문양의 윤곽을 잘 살펴보면 깔끔하게 다듬은 흔적이 보인다.

어, 최고의 기술을 가진 장인이 실수를 했나? 오른쪽 관꾸미개 아래, 왼쪽 부분에 이유를 알 수 없는 작은 구멍이 뚫려있다. 만약 이 구멍이 문제가 되었다면 구멍을 메꾸거나 다시 만들었을 텐데. 구멍을 보니 장인의 솜씨가 약간 떨어지는 것 같기도 하다.

한 쌍의 관꾸미개로 관을 어떻게 장식했을까? 정확하게는 모르지만 대칭으로 꾸몄을 거라고 어렵지 않게 짐작할 수 있다. 관꾸미개를 대칭으로 세워 모자의 한 종류인 관모를 장식한 모습을 상상하면서 보면 관꾸미개가 살랑살랑 움직이는 것처럼 보인다.

•

이쯤에서 떠올려야 할 것이 있다. 왕비의 것이 있다면 왕의 것도 있지 않을까? 왕의 것은 국립공주박물관에 전시되었다. 무령왕릉에서는 왕비의 것뿐만 아니라 왕의 것도 발견되었다. 왕의 관꾸미개도 왕비 것처럼 쌍으로 있고, 금판에 꽃과 당초문을 표현했다. 꽂이가 달린 점과 만든 기법도 비슷하다. 반면 다른 점도 많다. 문양의 내용, 구성 형식, 조형감이 그렇다. 왕의 관꾸미개는 하나의 큰 줄기에서 당초문들이 서로 경쟁하듯이 솟아올랐고, 당초문이 바람에 일렁이는 불꽃처럼 생동적으로 움직인다. 모든 것이 움직이고 이글거린다.

관꾸미개 윗부분에 한 송이 꽃이 활짝 피었다. 관꾸미개

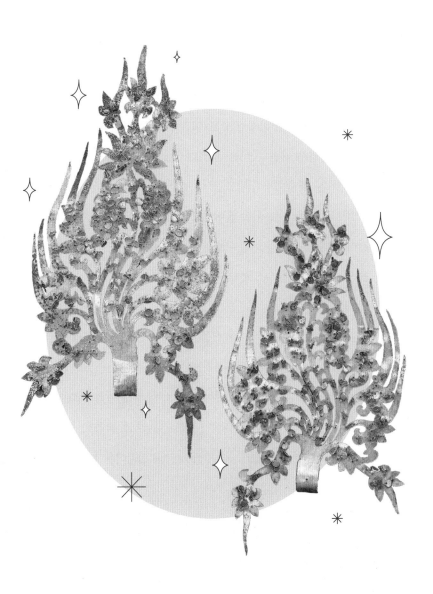

전체에 수많은 구멍을 뚫어 금실로 달개 장식을 달았다. 달개 장식은 작은 진동에도 파르르 떨린다. 왕비의 것보다 신경을 더 많이 썼다. 관꾸미개 말고도 귀걸이, 목걸이, 신발 등 왕과 왕비의 물건은 비슷하면서도 다르다.

꽂이는 금판보다 두껍고, U자 모양으로 휘었다. 군데군데 구멍도 뚫렸다. 관모에 잘 붙이려고 그런 걸까. 비단 관모는 시간이 지나면서 사라졌다. 어쨌든 왕의 관꾸미개는 착용 방법을 구체적으로 알 수 있는 정보가 많다.

왕과 왕비의 관꾸미개를 금으로 만든 건 신분이 가장 높았기 때문일 거다. 왕족보다 신분이 낮으면 은으로 꽃을 만들어 장식했다. 당시 백제에서 금꽃을 머리에 장식할 수 있는 사람은 몇 명 안 되었을 거다. 무덤에서도 금꽃 장식을 머리에 달았다는 건 죽어서도 왕과 왕비 같은 지위를 계속 누릴 것이라는 믿음 때문이었겠지.

종종 꽃이나 연꽃에 대한 시를 읽다 보면 왕비의 관꾸미개가 다르게 보이기도 한다. 이해인 수녀님의 시를 읽다 보면 왕비의 관꾸미개는 어떤 빛이 날까, 어떤 향기가 날까 상상하게 되고 자세히 보아야 예쁘다는 나태주 시인의 시를 읽다 보면 '월리를 찾아라'처럼 뚫어지게 관꾸미개를 보며 문양을 찾게 된다.

연꽃의 기도

이해인

겸손으로 내려앉아
고요히 위로 오르며
피어나게 하소서

신령한 물 위에서

문을 닫고

여는 법을 알게 하소서

언제라도

자비심 잃지 않고

온 세상을 끌어안는

둥근 빛이 되게 하소서

죽음을 넘어서는 신비로

온 우주에 향기를 퍼트리는

넓은 빛 고운 빛 되게 하소서

•

왕비의 관구미개가 발견된 무령왕릉은 공주 송산리 고분군에 있다. 1971년 우연히 발견되었고 발굴 결과 많은 유물이 쏟아져 나왔다. 같이 발견된 기록을 통해 무령왕과 왕비가 같이 묻혔다는 것을 알 수 있었다. 왕과 왕비가 누워 있던 관도 발견되었고, 관꾸미개는 머리 근처에서 발견되었다. 무령왕릉은 연꽃무늬가 새겨진 벽돌로 만들었다. 이렇게 보면 꽃 속에 또 꽃이 있는 셈이다. 그중에서 최고의 꽃은 왕과 왕비의 관꾸미개에 있는 꽃이다. 무령왕릉에서 나온 유물 대부분은 국립공주박물관에서 만날 수 있다.

불멸의 금꽃은 백제실에서 백제의 향기를 현대인들에게 퍼뜨리고 있다. 그러나 그 앞에 선 현대인들은 너무 바빠 향을 맡기 전에 가버린다. 이 모습이 아쉬워 어떻게 하면 바쁜 걸음을 멈추게 할 수 있을까, 가끔 그런 고민을 한다.

녹슨 갑옷 구하기

가야의 갑옷과 투구

사극을 보면 종종 전투 장면이 나온다. 병사들이 활이나 창, 칼을 들고 "와아!" 하고 전투에 나서고, 묵직한 갑옷과 투구를 걸친 장군들이 큰 소리로 외친다. "나를 따르라!" 혹은 "물러서지 마라!" 이때 장군들이 입은 번쩍번쩍한 갑옷은 무척 든든해 보인다. 갑옷 덕분에 날아오는 화살이나 내리치는 칼로부터 보호받을 수 있을 뿐만 아니라 장군으로서의 권위도 저절로 생길 것 같다.

그런데 박물관에 전시된 철 갑옷이나 투구를 보면 드라마에서 봤던 갑옷과는 너무나 다르다. 번쩍거리고 화려한 모습은 어디론가 사라지고, 거무튀튀한 황갈색으로 녹슬어 금방이라도 부서질 것 같다. 마치 거대한 크래커나 곰보빵처럼 보이기도 한다. 진짜 이런 갑옷을 입고 어떻게 전투를 했을까?

철 갑옷이 처음부터 이랬던 건 아니다. 이 갑옷은 나이가 거의 1,600살은 되었다. 처음 만들어졌을 때는 은빛으로 번쩍거리고, 얇지만 튼튼했던 갑옷이 세월을 견디는 동안 녹이 슬고 울퉁불퉁해졌다. 오랜 시간이 지나면서 다른 갑옷들은 사라졌지만 이 갑옷은 지금껏 모습을 간직했다. 그 비밀은 바로 무덤이다. 무덤은 외부와 차단되어 있으니까.

•

이 갑옷은 철로 지은 옷이다. 철로 옷을 지으려면 옷감을 꿰맬 때 쓰는 바늘과 실 대신 구멍을 뚫고 못이나 가죽끈을 사용해 만든다. 갑옷은 칼이나 활을 막을 정도로 단단하면서도 싸울 때 몸을 제대로 움직일 수 있도록 만들어야 한다. 너무 무거우면 싸우기 곤란하니 무게도 적당해야 한다.

이런 점을 염두에 두고 본격적으로 갑옷을 살펴보자. 이 갑옷을 볼 때면 구명조끼가 떠오른다. 갑옷은 구명조끼와 나름 생긴 것도 비슷하고, 생명을 보호해 준다는 점도 같다.

갑옷은 하나로 붙어 있는 것처럼 전시되었지만 크게 세 부분으로 나뉜다. 앞부분의 왼쪽판과 오른쪽판, 그리고 뒷부분. 이중 앞부분 오른쪽판만 갑옷의 다른 부분과 연결되어 있지 않다. 반면 앞부분 왼쪽판은 뒷부분과 튼튼하게 이어져 있다. 왜 그럴까? 그 이유는 갑옷은 보통 옷처럼 윗부분 구멍으로 머리를 넣어 입는 것이 아니라 갑옷 앞부분 오른쪽으로 몸을 넣은 다음 오른쪽판을 뒷판과 왼쪽판에 가죽끈으로 연결해 입었기 때문이다.

이 갑옷은 어떻게 지었을까? 앞부분을 자세히 보면 맨 아랫부분과 그 윗부분 철판을 겹친 다음 쇠못을 리벳처럼 이용해 단단하게 고정시켰다. 그 위쪽은 철판을 겹치는 대신 폭이 좁은 철판을 철판 위에 덧댄 다음 쇠못을 박았다. 뒤판도 같은 방법으로 만들었다. 철판을 겹치거나 덧대고 쇠못을 박은 것이다.

천으로 옷을 지을 때 끝단의 마감 처리가 중요하다. 마감 처리가 시원치 않으면 맵시가 나지 않을 뿐만 아니라 올이 풀릴 수도 있다. 갑옷은 끝단 처리가 더욱 중요하다. 옷감이 풀릴 염려는 없지만 전투할 때 자칫 날카로운 부분에 다치기라도 하면… 이 갑옷은 끝단을 접어서 문제를 해결했다. 끝단을 따라 촘촘히 구멍을 뚫고 가죽을 감아 몸에 닿는 문제를 해결한 갑옷도 있다.

몸을 보호하는 갑옷뿐만 아니라 어깨갑옷이 따로 있다. 어깨갑옷은 어깨를 보호하면서 동시에 갑옷을 어깨에 걸칠 수 있게 해준다. 지금은 갑옷과 따로 전시했는데, 원래 둘을 어떻게 연결했을까? 어깨갑옷 테두리에 구멍이 많이 보인다. 여기에 가죽끈을 넣어 갑옷과 연결했을 거다.

전투에서 몸을 보호하기 위해서는 갑옷뿐만 아니라 투구도 필요하다. 이 투구는 헬멧처럼 생겼다. 이 투구는 철판 여러 장을 연결해 타원형으로 만들었다. 그런데 투구 뒷부분이 이상하다. 뭔가가 겹쳐 달렸다. 이 부분은 뒷목을 가리던 가리개로, 원래는 목 뒤로 늘어져 있었다. 마치 블라인드처럼 가죽 끈으로 철판을 연결했다. 시간이 지나면서 겹쳐진 채 녹이 슬었다.

●

이 갑옷은 가야의 한 나라였던 대가야 유적에서 나왔다. 대가야의 중심지였던 고령에는 지산동 고분군이 있다. 이 고분군 가운데 32호분에서 대가야의 대표 유물인 금동관이 나왔다. 동판을 도금해 만든 금동관은 마치 팔이 달린 종처럼 생겼다.

금동관으로 보아 이 무덤의 주인 공은 상당히 신분이 높았을 거다. 이런 사람의 무덤에 이 갑옷이 같이 있었던 걸 보면 당시 가야에서는 갑옷이 신분과 권력을 상징하는 수단이었

을 거다. 이 금동관은 갑옷과 같은 전시실에 있다.

지금까지 발견된 삼국 시대의 갑옷 대부분이 가야 무덤에서 나왔다. 가야는 철의 나라라고 불릴 정도로 철을 많이 생산했고 철을 가공하는 기술이 발달했다. 무덤에 철기를 많이 넣은 것을 보면 철에 대한 자부심이 꽤 높았던 것 같다. 특히 철 갑옷은 가야의 철 문화를 잘 보여주는 유물로 종류가 다양한데, 심지어 새의 깃털로 장식한 갑옷도 있다.

가야의 갑옷을 실제로 입은 그림이 남아 있으면 좋을 텐데 아쉽게도 전해지는 것이 없다. 대신 토기로 만든 유물이 전해지는데, 바로 국립경주박물관에 있는 '말 탄 사람 토기'다. 말을 탄 무사는 투구를 쓰고 목가리개를 하고 갑옷을 입고 있다. 말도 갑옷을 입었다. 말까지 갑옷을 입힐 정도면 철의 나라라는 이름이 과장은 아닌 듯싶다. 실제로 함안의 마갑총에서 말갑옷이 발견되었다.

가야 것은 아니지만 고구려 고분벽화에는 갑옷을 입은 사람들이 나온다. 특히 안악 3호분 벽화 가운데 군사들이 행진하는 모습을 그린 대행렬도에는 갑옷을 입고 갑옷 입은 말을 타고 가는 기마병, 갑옷을 입고 행진하는 보병이 등장한다. 가야의 갑옷과 달리 수많은 조각을 연결한 찰갑이지만 갑옷 입은 군대를 상상하는 데 도움을 준다.

또 중국 길림성에 있는 통구 12호분이라는 무덤에는 갑옷을 입고 전투하는 무사들이 등장한다. 한 명은 말을 타고 긴 창을 들고 돌진하고 있고 다른 두 명은 싸움을 벌이고 있다. 그림이지만 전투에 사용된 갑옷을 보면 박물관에 전시된 갑옷을 보는 것과 느낌이 많이 다르다.

•

남아 있는 갑옷만 보면 가야는 엄청난 강대국같다. 그런데 삼국 시대의 삼국은 고구려, 백제, 신라다. 역사 속 가야는 신라와 백제 사이에서 줄타기를 해야 하는 상황이 많았다. 그러다 결국 신라에 넘어가 역사에서 사라졌다. 눈에 보이는 게 전부는 아니다.

갑옷 앞에 서면 아득해진다. 나와 갑옷 사이 짧은 거리에 내가 알지 못하는 무수한 이야기가 쌓여 있다는 생각이 밀려오면 그렇다. 내겐 그 거리를 좁힐 마땅한 방법이 없다. 다만 갑옷을 고요하게 바라보며 침잠할 뿐이다. 그 시간, 그 공간에 나와 갑옷만 있는 듯이.

황금 숲의 비밀

신라 금관

박물관의 스타를 꼽으라면 단연 금관일 거다. 그래서일까, 신라실 가장 앞에 금관이 전시되었다. 어둠 속에서 더욱 빛난다. 누가 봐도, 애써 말하지 않아도 황금의 나라 신라다.

금관을 만나는 사람들 행동이 재미있다. "와!" 하고 일단 탄성을 지르며 금관 앞으로 갔다가 금관을 따라 돌면서 금관을 유심히 본다. 구석구석 살펴보다 깜짝 놀란 눈으로 다시 금관을 보며 말한다. "금관의 무게가 얼마나 될까?", "이 무거운 걸 머리에 쓰고 있으면 힘들지 않았을까?" 이런 궁금증을 알아채기라도 한듯 이름표에 금관의 무게가 나와 있다.

"1,062그램."

신라 하면 떠오르는 유적과 유물이 있는데, 바로 석굴암, 불국사 그리고 금관이다. 번쩍이는 금으로 화려하게 만든 금관을 한번 보면 잊히지 않는다. 금관은 신라를 황금의 나라라고 불리게 하는 데 큰 역할을 했다. 금으로 만든 유물이 귀걸이, 목걸이, 신발까지 다양하지만 금관을 따라올 건 없다. 게다가 이런 금관이 여러 점 발견되었으니까.

•

금관을 보는 방법은 다양하다. 그중 하나가 황금 숲을 산책하는 기분으로, 신화를 연구하는 인류학자의 심정으로 보는 거다. 그러면 그냥 들여다보는 것보다 구석구석 잘 보이고 진열장 안 금관으로 들어간 기분이 든다. 황금 숲은 멀리서 봐도 노랗게 반짝거린다. 예나 지금이나 금을 높이 평가하는 이유는 몇천 년이 지나도 변함없이 반짝거리기 때문일 거다.

이 황금 숲은 동그란 무대 위에 만들어졌다. 금관 가장 아래는 가수들이 공연을 하러 올라가는 원형 무대와 비슷하다.

무대에 장식이 빠지면 심심하다. 금관 위아래는 물결치는 듯한 당초문으로 장식하고 당초문 사이에 구멍을 뚫고 금실을 꽈서 동그란 달개와 쉼표 모양 곡옥을 매달았다. 그래서 금관은 마치 놀이공원의 회전목마처럼 보이기도 한다.

이제 황금 숲으로 한 발 더 들어가 볼까. 숲에는 역시 나무가 있어야 한다. 금관에는 나무 세 그루가 서 있다. 숲에서 보는 나무와는 조금 다르지만 쭉쭉 뻗은 모습이 자작나무나 금강송을 닮았다.

나무에 나뭇가지가 있는 것처럼 여기에도 나뭇가지가 달렸는데, 보통 나뭇가지와 달리 수직으로 꺾어져 올라갔다. 이 모습은 마치 어떤 것도 들 수 있다고 힘자랑하는 사람처럼 보인다. 줄기와 나뭇가지 끝은 꽃이 핀 것처럼 마무리했다.

때가 되면 열매가 달리는 것처럼 이 나무에도 여러 가지 장식이 달렸다. 수많은 곡옥과 달개가 나무를 화려하게 만든다. 곡옥은 무엇을 꼭 닮지 않아 오히려 여러 상상을 부른다. 엄마 배 속의 태아처럼 보이기도 하고 나무에 앉은 새처럼 보

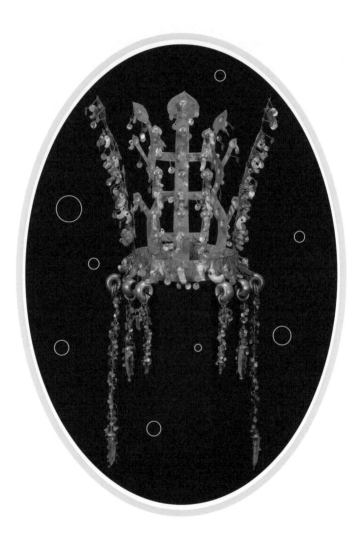

이기도 하고 나무에 열린 열매처럼 보이기도 한다.

이 곡옥은 대체 무엇을 상징할까. 나는 새라고 생각하지만 여러 사람이 생명을 상징한다고 이야기한다. 만약 그 말이 맞다면 이 나무는 생명을 잉태하는 신령스러운 나무다.

금관에 달린 나무는 하늘로 전파를 쏘는 안테나처럼 보이기도 한다. 나뭇가지와 줄기의 끝부분 장식은 하늘로 향하는 화살표 같기도 하고. 옛날 사람들은 신령스러운 나무가 하늘과 땅을 이어준다고 믿었다. 하늘로 올라가는 사다리이기도 하고 인간의 염원을 하늘로 보내고 하늘의 말씀과 기운을 땅으로 전하는 통로라고 생각한 거다. 금관 같은 것을 소유한 사람은 보통 사람과는 다른 특별한 존재라는 뜻이기도 하다.

숲에는 나무만 있지 않다. 나무 사이에 수많은 동물이 깃들어 산다. 숲의 제왕 호랑이를 비롯해 토끼와 새까지 다양하다. 그 가운데 특별한 상징을 지닌 사슴도 있다. 사슴은 강한 동물은 아니지만 크고 화려한 뿔이 있다. 옛사람들은 때가 되면 떨어지고 때가 되면 새로 자라는 뿔을 보고 사슴에게 특별한 능력이 있다고 믿었다.

금관에도 사슴뿔이 보인다. 금관 뒤쪽 지그재그로 솟은 부분이 바로 사슴뿔이다. 사슴뿔도 곡옥과 달개로 장식했다. 사슴의 신비한 능력이 금관의 소유자에게 전해질 거라 믿었다.

여기서 끝이 아니다. 가방이나 커튼, 모자에 술을 다는 것처럼 금관 좌우에 드리개를 달았다. 금실을 꼬아 만든 드리개에도 달개가 주렁주렁 달려 있어 살짝만 움직여도 찰랑찰랑 흔들거릴 것 같다.

황금 숲을 만든 기본 재료는 얇은 금판이다. 얇은 금판을 보면 휘어지지 않을까 살짝 걱정이 든다. 그렇지만 금판은 얇아야 가공하기 좋다. 금판에 모양을 그린 뒤 정으로 모양을 잘라낸 다음, 구멍을 뚫어 금실로 달개와 곡옥을 달았다.

나무와 사슴뿔은 금테에 어떻게 고정시켰을까? 장식의 가장 아랫부분에 금못이 보인다. 금못을 박아 튼튼하게 고정시켰다. 반면 관테는 뒷부분에 구멍을 뚫어 끈으로 고정시켰다. 이렇게 만든 덕분에 금관을 펼치고 묶기 편했을 거다.

금관을 자세히 보면,
숲속에 와 있는 것 같아요.
황금 잎이 멋진 나무도 있고요,
그 나무에 주렁주렁 달린
열매랑 아름다운 뿔을 가진
사슴도 보인답니다.

여러분에게는
어떤 것이 보일까요?

·

이 금관은 경주에 있는 황남대총 북쪽 무덤에서 나왔다. 황남대총은 큰 무덤 두 개가 낙타의 혹처럼 연결되어 있는데, 남편의 무덤인 남쪽 무덤이 먼저, 부인의 무덤인 북쪽 무덤이 나중에 만들어졌다. 북쪽 무덤에서 부인대(夫人帶)라고 쓰인 허리띠가 나와 부인의 무덤인 줄 알았다. 무덤의 규모나 무덤에 묻힌 유물로 보아 황남대총은 왕과 왕비의 무덤이 분명한데 왕비의 무덤에서 금관이, 왕의 무덤에서 금동관이 나왔다. 그 이유는 계속 연구중이다.

금관은 일반적으로 왕을 비롯한 왕족이 쓴 것으로 알려져 있다. 살아 있을 때 쓰던 걸 무덤에 같이 넣은 걸로 추정한다. 금관을 가진 사람은 보통 사람과는 다른 특별한 존재니까.

그런데 누군가는 이렇게 주장한다. 살아서 머리에 쓰던 '관'을 묻은 게 아니라 죽은 사람의 얼굴을 덮는 마스크라고. 황남대총 금관이 발견된 위치도 머리가 아니라 얼굴 위였다. 게다가 금관 가운데 처음 발견된 금관총 금관에는 잘못 만든

부분이 보이는데, 살아 있을 때 쓰던 거라면 그대로 두지 않았을 거라고 말한다. 아직 많은 사람이 지지하지 않지만 나름대로 설득력 있는 주장이다.

지금까지 나온 금관은 모두 경주 시내 중심부에 있는 신라의 무덤에서 발견되었다. 최초로 발견된 금관총 금관, 말 탄 사람 토기와 함께 나온 금령총 금관, 봉황이 달린 서봉총 금관, 천마도와 함께 나온 천마총 금관, 황남대총 북분의 금관이 모두 그렇다. 금관은 신라의 왕을 마립간이라 불렀던 시기 왕족의 권위를 내세우기 위해 만든 것으로 보인다. '나는 이런 대단한 존재다!'라는 걸 과시했던 거다.

지금도 금관 같은 존재가 종종 눈에 띈다. 이 금관들은 사람들 사이를 바삐 움직인다. 명품이라 불리는 물건들이 그렇다. 이때 명품은 '나는 너희랑 많이 달라'라는 동사로 존재한다.

너털웃음 찾기

말 탄 사람 토기

먼 길을 떠날 때 혼자는 외롭다. 심심하기도 하고 위험이 닥치면 더 두렵다. 하지만 누군가와 함께라면 큰 어려움도 잘 헤쳐나갈 힘을 얻는다. 사람이 가는 길 중에서 가장 멀고, 어떤 위험이 닥칠지 알 수 없는 데다 가장 외로운 길은 무엇일까. 그건 아마도 이 세상을 떠나 저세상으로 가는 길일 거다. 다시 돌아온 사람이 아무도 없어서 아무도 알려주지 못하는 그 길이다.

옛날 사람들은 종종 저세상 가는 길에 함께할 사람을 같이 묻었다. 한때는 진짜 사람을 묻었고 시간이 지나면서 토기나 도자기로 만든 인형을 묻었다. 바로 이 인형이 우리나라 토기 가운데 가장 유명하고 널리 알려진 '말 탄 사람 토기'다. 지금은 신라실 양쪽에서 관람객을 맞이한다.

●

두 점으로 구성된 이 토기들은 무덤의 주인공이 가는 길을 안내하고 지켰을 거다. 두 점 가운데 먼저 고깔모자 같은 걸 쓴 사람을 본다. 말은 날렵하다기보다 듬직하고 어디로 달려간다기보다 네 다리를 세우고 굳건하게 서 있다. 고구려 고분벽화 수렵도에 나오는 날쌔게 달리는 말과는 사뭇 다르다. 왕릉 앞에서 듬직하게 자기 자리를 지키고 있는 석마와 비슷하다. 아마 이 토기를 주문한 사람이나 만든 사람이 이런 모습을 더 원했겠지.

이 토기에서는 사람에 먼저 눈길이 간다. 머리에는 고깔 같은 모자를 쓰고 있고, 턱에 모자 끈을 묶었다. 이 끈이 매력적이다. 두 갈래로 내려오다 턱 아래에서 묶였다. 얼핏 보면 수염처럼 보이지만 끈을 묶은 거다. 이런 걸 보면 작은 부분도

놓치지 않으려고 신경 쓴 걸 알 수 있다.

눈 끝은 위로 올라갔고 코는 오뚝하고 입은 굳게 다물었다. 다부진 얼굴이다. 선 하나로 눈과 입술을 새겨 표정을 만들어낸 솜씨를 보면 저절로 감탄이 터져나온다. 선을 쓱쓱 그어 사람 표정을 기막히게 표현한 화가 김홍도도 엄지를 척 내밀며 "인정!"이라고 할 거 같다. 작고 동그란 귀도 빼놓지 않았다. 얼핏 대충 만든 것처럼 보이지만 결코 그렇지 않다.

이 인물의 얼굴은 여러 방향에서 봐야 제맛이다. 보는 방향에 따라 인상이 달라지기 때문이다. 얼굴과 같은 높이로 앞에서 보면 날카로워 보이고 살짝 옆에서 보면 뭔가 생각에 잠긴 듯이 보인다. 옆에서 보면 콧대가 높고 뾰족한 턱이 도드라져 보인다.

손은 앞으로 내밀어 말고삐를 잡고 있다. 몸은 살짝 앞으로 기울였다. 몸통을 잘 보면 어깨와 등에 동그란 것이 많이 달린 것을 입고 있는데 마치 갑옷 같다. 바지도 사각형이 촘촘하게 그어진 걸 입고 있는데 선의 간격이 일정한 걸로 보아 이

것도 갑옷 같다. 왼쪽 다리에는 칼 같은 게 달렸다. 발걸이에 걸친 신발도 놓치지 말아야 한다. 신발 앞코가 뾰족하게 들려 맵시가 넘친다.

이번에는 말 차례다. 말도 앞에서 본 인상과 옆에서 본 인상이 다르다. 앞에서 보면 눈은 치켜 올라갔고 큼직한 코는 벌렁이는 듯하다. 앞에 적이 나타나도 눈빛 하나로 물리칠 기세다. 그런데 옆에서 보면 앞에서는 보이지 않던 입이 드러난다. 마치 빙그레 웃는 것 같다. 계속 보면 껄껄 웃는 것 같다. 사람처럼 말의 얼굴도 여러 방향에서 봐야 제맛이다. 말의 다리는 기둥 같고 말의 꼬리는 독특하게 사선으로 솟았다.

말에는 여러 가지 마구들이 잘 묘사되어 있다. 입에 물린 재갈, 목 아래 달린 방울, 사람이 깔고 앉은 안장, 발 아래 달린 말다래, 엉덩이 부분에 달린 각종 장식 등은 모두 세밀하고 아기자기하다. 특히 앞안장가리개와 뒤안장가리개의 버클이 너무 정교해서 움직일 수 있을 것 같다. 안장 깔개와 말다래에도 음각 무늬를 새겼다. 이 토기에 기울인 신라인의 솜씨에 말문이 막힌다.

그런데 이 말에는 보통 말에 없는 게 보인다. 양 귀 사이에 뿔처럼 난 것, 말의 목 아래 사선으로 뻗은 관, 말등 위에 달린 잔 모양 물건이 바로 그것이다.

양 귀 사이에 뿔처럼 보이는 건 말의 갈기를 묶은 거다. 털을 둘둘 말고 끝부분을 꼭 묶었다. 지금도 몇몇 유목 민족들이 말 경주할 때 이렇게 한다고 한다. 이렇게 하면 말이 특별한 힘을 얻는다고 믿기 때문이다.

나머지 두 개는 뭘까? 말 아래 달린 관을 앞에서 보면 구멍이 뚫려 있다. 말등에 달린 잔도 위에서 보면 구멍이 뚫려 있다. 이럴 땐 과학의 힘을 빌리자. 말 탄 사람 토기를 X선으로 찍어봤더니 속이 비었다. 이 세 가지 사실을 연결하면 이 토기의 용도가 나온다. 주자(주전자)다. 등 위의 잔 모양 물건에 술이나 물을 붓고 목 아래 관으로 따르는 거다. 다른 무덤에서는 신령스러운 동물 모양을 한 주자나 새 모양 주자가 발견되었다.

다음은 같이 발견된 다른 토기 차례다. 전체적인 구조와 생김새는 앞서 본 토기와 비슷하기도 하고 다르기도 하다. 먼저 얼굴을 보면, 모자 모양이 다르다. 단순하고 끈도 보이지 않는다. 눈은 치켜 올라갔고 입과 코는 작다. 앞에서 볼 때와 옆에서 볼 때 인상이 다른데, 옆에서 볼 때 살짝 부드럽게 느껴진다.

윗옷에는 특별한 장식이 없다. 바지에는 간략하게 선을 그어 무늬를 나타냈다. 앞서 본 토기보다 복장이나 세부 표현이 간략하다. 이건 앞 토기의 사람은 신분이 높았고 이 토기의 사람은 신분이 낮았다는 뜻이다. 오른쪽 어깨에는 무엇인가 둥근 걸 걸쳤는데, 돈이 아닌가 추측하기도 한다. 다른 세상으로 갈 때 필요한 돈.

이 사람은 왼손으로는 말의 고삐를 잡고 오른손으로는 뭔가를 들었다. 둥그런 끝부분을 잘 보면 사방으로 선이 그어져 있고, 일부분에 구멍이 뚫렸다. 이런 구조로 봤을 때 소리를 내는 방울처럼 보인다. 그래서 어떤 사람은 이 사람이 악기를 흔들며 무덤의 주인공을 다른 세상으로 이끈다고 보기도 한다. 요령을 흔들며 상여를 이끄는 요령잡이처럼.

말의 전체적인 말갖춤새도 앞선 토기에 비해 간단하다. 말 목 아래 관에 고리도 없고, 또 말등에 달린 잔 윗부분에 장식도 없다. 아마 이 사람의 신분이 낮아서 그런 것 같다. 하지만 말의 얼굴을 보면 마치 너털웃음을 짓는 것처럼 크게 웃고 있다. 이 너털웃음을 처음 발견한 날, 시도 때도 없이 이 웃음이 눈 앞에 나타났다.

무덤에서 발견된 이 말들은 보통 말이 아니다. 이 말들은 보이지 않는 길을 간다. 무덤 주인을 다른 세상으로 인도한다. 이 토기가 나온 무덤에서 배모양 토기도 발견되었다. 다른 세상으로 가다 큰 강이나 바다를 만났을 때 타라고 넣어준 게 아닐까? 두 배 모두 배 뒤쪽에 사공처럼 보이는 사람이 앉아 있다. 말 탄 사람 토기가 워낙 유명해 이 배들은 종종 소홀하게 여겨지지만 이 배 역시 함께 살펴보면 재미있다.

이 토기들이 발견된 무덤은 금령총이다. 금령총은 경주 시내 한복판 신라의 큰 무덤들이 몰려 있는 곳에 같이 있다. 일제 강점기 때 발굴했는데, 금관도 같이 나왔다. 그런데 금관의 크기가 작은 걸로 보아 어린 왕자의 무덤으로 추정한다. 만약 어린 왕자의 무덤이라면 말 탄 사람 토기나 배모양 토기는 어린 왕자가 떠난 먼 길을 함께한 동반자인 셈이다.

말 탄 사람 토기와 배모양 토기는 같은 전시실에 있고, 금관은 박물관 3층 금속공예실에 전시되었다. 이 작품들을 볼 때 어린 나이에 먼 길을 떠난 아이를 기억해 주기를.

숨은그림찾기

발걸이

　　뛰어난 유물들이 눈을 사로잡는 통일신라실. 그런데 낯선
유물이 눈에 띈다. 겉만 봐서는 뭔지 도통 모르겠다. 게다가
겉이 알 수 없는 무늬로 빽빽하다. 수수께끼 같은 이 유물은
도대체 뭘까?

　　이건 바로 말을 탈 때 쓰는 주머니 모양으로 생긴 발걸이
즉 호등이다. 말을 탈 때 이 속에 발을 쏙 집어넣는 거다. 호등
은 발을 넣는 부분이 주머니처럼 생겨서 붙은 이름이다. 말을
탈 때는 말을 제어하는 장치와 안정적으로 디디는 장치가 필
요하다. 자동차의 핸들과 브레이크처럼 말을 제어하는 장치는
입에 물리는 재갈과 여기에 연결된 고삐다. 안정적으로 발을

디디는 장치가 바로 발걸이다. 발걸이가 있어야 말을 타고 내리기 편하고, 말에서도 자유자재로 움직일 수 있다.

발걸이는 무엇보다 발을 잘 넣고 뺄 수 있도록 만들어야 한다. 위급할 때 재빨리 발을 빼지 못하면 끔찍한 일이 벌어지기도 한다. 이런 발걸이로 보통 등자를 많이 사용하지만 의례 때는 호등을 사용하기도 했다. 등자보다 멋있고 넓기 때문에 장식을 넣기 좋다. 이 호등은 크고 높게 만들어 신발 신은 발을 넣고 빼기 좋고, 발이 닿는 뒷부분은 촘촘하게 홈을 내서 쉽게 미끄러지지 않도록 했다.

•

호등은 튼튼해야 해서 철로 만들었다. 철로 만든 호등에 어떻게 무늬를 넣으면 좋을까. 무늬가 금방 지워지지 않도록 통일신라 사람들이 선택한 방법은 색깔 있는 금속을 붙이는 '입사 기법'이다. 여기에 적합한 금속은 금과 은이다. 금과 은은 늘어나는 성질이 좋아 가공하기 좋고 게다가 노랗게, 하얗게 반짝거린다. 게다가 귀한 금속이라 과시하기에도 좋았다.

이 호등을 처음 봤을 때 무늬가 복잡해 뭐가 뭔지 도무지 알 수 없었다. 금과 은을 사용했다는 정도밖에는. 관람객들도 궁금해하며 다가왔다가 정체 모를 무늬 앞에서 발을 돌린다. 유물 가운데 무늬 찾기 난이도 최상이다. 지구력과 인내심을 발휘해야 할 때가 있다면 바로 이 유물을 볼 때다. 이 유물을 볼 때마다 마치 수많은 사람 속에 숨어 있는 월리를 찾는 기분이 든다.

호등은 전체에 무늬가 있는데, 바깥쪽이냐 안쪽이냐에 따라 남아 있는 정도가 다르다. 바깥쪽은 무늬가 비교적 온전하게 남아 있는 반면 말과 닿는 안쪽은 많이 떨어져나갔다. 한 쌍이 다 이렇다. 그래서 무늬가 많이 남아 있는 바깥쪽부터 살펴본다.

이제 눈을 크게 떠야 할 시간이다. 호등 바깥쪽 앞부분을 보면 동그란 눈이 보인다. 눈이 있다는 건 이 부분이 얼굴이라는 뜻이다. 눈 조금 아래 벌렁거리는 코가 보이고 코 아래는

옥수수알 같은 이빨이 보인다. 코 옆에는 동그란 무늬들이 있다. 머리 윗부분에 난 수많은 선은 털이나 갈기 같다. 그 옆쯤에 좌우 대칭으로 귀가 있고, 양 귀 사이에 기둥이 하나 솟았다. 이건 뭘까? 뿔일까, 말의 갈기를 뿔처럼 묶은 걸까? 뿔이면 기린이고 갈기 묶음이면 천마일 텐데. 둘 다 신령한 상상의 동물 서수다. 얼굴은 말을, 앞가슴은 용을 닮았다.

다리도 쉽게 찾을 수 있다. 얼굴 아래 양쪽에 달리는 듯한 다리가 보인다. 뒷부분에서도 비슷하게 생긴 뒷다리를 찾을 수 있다. 다리는 힘차게 뒤로 뻗었다. 발굽은 양쪽으로 갈라졌다. 말의 발굽은 하나이지만 사슴의 발굽은 둘이니까 사슴의 다리를 본뜬 것으로 보인다.

이번에는 몸통 차례다. 몸통을 따라 금선으로 털을 표현했다. 그런데 몸통의 앞부분에 마치 갈비뼈처럼 튀어나온 것은 뭘까? 바로 날개다. 이제야 서수의 모습이 눈에 들어온다. 여기까지 오면 괜시리 뿌듯하다.

동물 주위에 복잡한 문양들이 빽빽하게 들어찼다. 둥글둥글 소용돌이치는가 하면 바람에 날리기도 한다. 하늘에 있는 구름이나 상서로운 기운의 움직임이다. 가만히 있는 건 하나도 없다.

호등 안쪽에는 어떤 무늬가 있을까? 앞부분에 얼굴이 보인다. 코는 넓고 입은 쫙 벌렸는데 송곳니가 날카롭다. 머리 위쪽에는 뿔 같은 것이 솟았다. 목은 전체적으로 S자형을 이룬다. 전체적으로 바깥쪽 서수보다 면 대신 선을 많이 사용했고, 무늬도 다르게 표현해 변화를 주었다.

호등을 정면에서 보면 멋지다. 서수 두 마리가 얼굴을 앞으로 내밀고 힘차게 달려간다. 자신의 말이 서수가 날듯이 뛰라는 뜻이거나 또는 서수의 기운을 받으라는 뜻이 담겼을 거다. 또 이 말의 주인이 보통 사람과는 다른 특별한 존재라는 뜻도 있을 거다.

진짜 이 호등에 발을 넣고 달리면 하늘을 나는 기분이 들 것 같다. 한편 나쁜 기운이나 무리가 말을 가로막아도 서수의 기세라면 단박에 쫓겨날 듯 싶다.

이 호등은 통일신라 시대 유물로 알려졌다. 말을 타는 데 쓰는 호등에 금과 은을 아낌없이 썼다. 호등도 이렇게 장식했는데 사람이나 말은 얼마나 더 화려했을까. 흔히 통일신라 문화를 화려한 문화라고 말한다. 이 호등을 보면 그러한 평가가 딱인듯 싶다.

이런 유물을 보다 보면 어느 순간 보통 사람들이 궁금해진다. 금과 은을 생산한 백성, 쇠를 만든 대장장이, 금과 은으로 무늬를 넣은 장인. 그들도 우리처럼 하루하루 일상을 살아갔다고 생각하면 호등이 정겹다.

마음이 만들다

재조대장경 경판으로 인쇄한 경전

팔만대장경, 이걸 모르는 사람이 있을까. 보통 '팔만대장경' 하면 까만 대장경판이나, 대장경판이 큰 도서관의 서가처럼 빽빽하고 가지런히 꽂힌 합천 해인사의 장경판전이 떠오른다. 그러니까 우리가 주로 보는 건 팔만대장경 '판'이다. 곰곰이 생각해 보면 정작 대장경판으로 찍은 책을 본 적은 거의 없다.

어슬렁거리다 고려실에서 만난 『대반열반경』은 팔만대장경판으로 찍어낸 불교 경전 가운데 하나다. 부처님이 돌아가실 즈음 부처님이 몸과 죽음에 대해 말씀하신 내용을 담았다. 그런데 우리가 흔히 보는 책과 다르게 생겼다. 책은 한 장 한

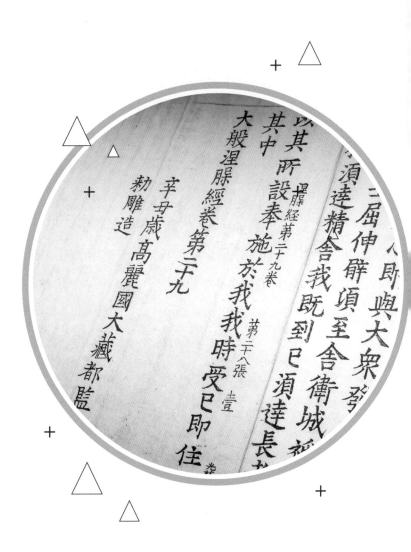

大般涅槃經卷第二十九
辛丑歲高麗國大藏都監
勅雕造

장 떨어져 있지 않고 끝까지 하나로 쭉 연결되었다. 이런 게 병풍처럼 지그재그로 접혀 있어서 다 접으면 폭이 좁은 책이 된다. 게다가 모두 28쪽으로 이루어진 이 책을 다 펼치려면 매우 긴 공간이 필요하다.

끝까지 펼친 책을 보면 마치 강 같은 느낌이 든다. 부처님 말씀의 강으로 물 대신 수많은 글씨가 흐른다. 책을 읽는다는 건 마치 경전의 강에 배를 띄우고 물고기 대신 글자를 낚아 읽고 그 뜻을 머리와 가슴에 담는 것과 같다. 그런 면에서 이 책은 지혜를 낚는 마법의 두루마리다.

●

이 책은 한 쪽이 세로 24행으로 구성되어 있다. 각 쪽은 어떻게 구성되었을까? 맨 첫 장을 찾으려면 가장 오른쪽으로 가야 한다. 첫 장 가장 오른쪽에 책 제목과 그 책의 몇 번째 권인지가 나온다. 이 책은 『대반열반경』이라는 경전의 29권째다. 그 아래 뚝 떨어져 있는 한자는 경전을 분류하는 표시다.

지금 도서관에 가면 수많은 책이 분류 기호에 따라 질서 있게 꽂혀 있어 누구나 쉽게 찾을 수 있는 것과 같다. 제목 옆 행에는 누가 번역했는지 적었다.

두 번째 장부터는 구성이 조금 다르다. 첫 행에 책 제목이 나오는 건 같은데 그다음에 글자가 추가된다. 지금 책의 쪽 번호에 해당한다. 지금 책과 달리 쪽 번호를 앞부분에 넣었다. 그리고 가장 아래쪽에 보일 듯 말듯 작은 글씨가 있는데 이건 바로 이 경판을 새긴 사람, 즉 각수의 이름이다. 팔만대장경에는 각수가 자신의 이름을 경판에 새긴 경우가 있는데, 대략 1,800여 명이 알려졌다.

이번에는 마지막 장이다. 여기에는 언제, 어느 기관에서 이 경판을 만들었는지 써놓았다. 신축(辛丑)이라는 글자로 보아 1241년이다. 이 해에 이 책을 찍은 대장경판을 만들었다는 거다. 대장경을 만든 관청인 대장도감은 임시 관청이다. 요새 책이 인쇄된 날짜와 만든 곳이 기록되는 '판권'과 비슷하다.

이제 글자를 들여다본다. 잘 모르는 글자들로 가득하지만 적어도 글자를 가지런히 잘 썼다는 건 알 수 있다. 획마다 굵기의 변화가 있고 특히 날카로운 삐침 부분이 살아 있다. 이 글씨체는 여러 가지 한문 서체 가운데 해서체다. 해서체는 지금도 한문을 배울 때 기본적으로 사용하는 서체다. 단정하고 깔끔하고 보기에도 편하다. 팔만대장경을 본 추사 김정희는 "사람이 쓴 것이 아니라 신선이 내려와서 쓴 것이다"라고 말했다. 그만큼 팔만대장경의 글씨는 뛰어나다는 평가를 받는다. 글자들은 가로세로 흐트러짐 없이 잘 배열되어 있다.

팔만대장경의 글자는 한 사람이 쓸 수 있는 양이 아니다. 여러 사람이 돌아가며 썼을 텐데도 마치 한 사람이 쓴 것 같다. 글자를 쓰기 전에 사람마다 다른 글씨체를 하나로 통일시키기 위한 작업을 미리 했을 거다. 컴퓨터 시대인 요즘에는 전혀 필요없는 작업이지만.

대장경판을 만드는 과정을 상상해본다. 글자를 쓴 종이를 목판에 뒤집어 붙인 다음, 각수가 모양대로 나무에 새긴다. 작은 실수라도 하면 처음부터 작업을 다시 해야 하니 각수는 무서운 집중력을 발휘해 한 자 한 자 새긴다. 『대반열반경』을 새긴 각수 광림도 마찬가지였을 거다. 칼을 목판에 대고 망치로 때리면서 글자를 깎으면 나무에서 찌꺼기가 튄다. 어쩌면 다른 생각을 하다 실수도 했을 거다. 팔만대장경 제작에 참여한 각수 김승은 12년 동안 800장 정도 판각했다고 한다.

이번에는 종이를 본다. 이 경전은 『대반열반경』 목판이 완성된 바로 그해 찍어낸 책으로 보인다. 그해가 1241년이니까 800년 가까이 된 거다. 지금 우리가 보는 책은 수십 년만 지나도 색이 바래고 종이가 바스러지기도 하는데, 이 종이는 만든 상태 거의 그대로인 것 같다. 종이는 살짝 거친 느낌을 준다. 아마 닥나무를 원료로 해서 만들었기 때문일 거다. 이렇게 만든 종이는 색이 좋고 튼튼하고 먹이 잘 묻는다. 팔만대장경을 찍어내는 종이로 제격이다.

종이를 이어붙인 부분을 보면 정말이지 놀라지 않을 수 없다. 접착제를 발라 붙인 부분의 폭이 좁은데도 오랜 시간 떨어지지 않고 견디다니, 기술이 너무 대단하다.

팔만대장경판이 있는 해인사의 장경판전은 거대한 도서관 같다. 8만여 장의 목판이 여러 층으로 가지런히 꽂혀 있다. 대장경을 만들려면 불교 경전을 엄청나게 많이 수집해야 하고, 내용도 정확히 알아야 하고, 오류도 바로잡을 수 있어야 한다. 뛰어난 불교학이 뒷받침되지 않았다면 아예 시도조차 할 수 없었을 거다.

　　게다가 목판 인쇄술이 뒷받침되어야 가능한 작업이다. 나무를 잘라 썩지 않게 가공해서 목판을 만들고, 목판에 글자를 새기고 마무리하는 작업까지 정말 많은 사람과 기술이 필요하다. 무엇보다도 이 모든 작업을 뒷받침할 경제력이 있어야 한다. 팔만대장경은 지혜, 기술, 사람, 돈이 모여서 이루어졌다.

　　하지만 사실 이거 말고 정말 필요한 게 있었다. 그건 바로 몽골의 침입을 부처님의 힘으로 막아보려는 의지다. 한마디로 비상사태를 맞아 간절한 마음으로 만든 것이다. 팔만대장경에 심작(心作)이라는 말이 나온다. 이 말은 마음으로 만들었다는 뜻이다. 전쟁이 빨리 끝나고 평화가 오기를 바라는 고려인의 간절한 마음이 불가능을 가능으로 만들었다.

그 평화란 뭘까? 거창하거나 대단한 게 아니다. 오늘 누리는 사사롭고 소소하고 특별할 것 없는 일상이 내일도, 모레도 앞으로도 쭈욱 이어지는 거다.

사람을 움직이는 글자

한글 금속활자와 능엄경 언해본

나는 글을 쓸 때 손가락으로 자판을 두드려 컴퓨터로 쓴다. 글을 완성하면 메뉴를 이용해 글자의 크기나 좌우, 위아래 비율을 원하는 대로 조정한다. 또 글의 분위기에 어울리는 서체를 결정하면 글자들이 한꺼번에 변신한다. 그리고 인쇄를 누르면 방금 쓴 글이 프린터를 거쳐 종이 위에 쓱 나타난다. 머리로 생각한 내용이 눈으로 볼 수 있는 종이 위에 나타나는 과정은 여전히 신기하다. 그런데 옛날에는 글자가 종이 위에 나타날 때까지 어떤 과정을 거쳤을까?

조선 시대에는 손으로 직접 글을 쓰는 경우가 많았지만 인쇄할 때도 적지 않았다. 인쇄용 활자를 만들어 필요에 따라 글자를 맞춰 인쇄하거나 아예 목판에 글자를 새겨 인쇄했다. 새로운 책을 만들 때마다 목판은 새로 판을 하나하나 만들어야 하지만, 활자를 이용하면 글자를 다시 배열하기만 하면 된다. 금속활자는 다른 활자보다 오래 쓸 수 있지만 만들려면 엄청난 돈이 들어가기 때문에 국가 정도라야 가능하다. 아주 힘 있는 권세가도 만들기는 했지만.

뜻밖에도 금속활자로 한 번에 많은 부수를 인쇄하지 않았다는 걸 알게 되었는데, 그 이유가 궁금했다. 튼튼한 금속활자로 대량 인쇄했을 것 같은데 보통 수십 부 정도만 찍었다고한다. 그 이유에 대해 한 연구자가 놀라운 의견(이재정,『활자본색』(책과함께, 2022))을 제시했다. 금속활자는 왕권을 상징하기 때문이라고. 귀한 데다 돈이 많이 들고 반짝거리까지 하니 충분히 그럴 수 있겠다 싶다. 오랜 수수께끼가 풀리는 기분이었다. 금속활자의 다른 이름은 독점과 권위였다.

『직지』 같은 세계 최고의 금속활자 인쇄본이 말해주는 것처럼 우리나라는 고려 시대부터 금속활자를 이용해 책을 만들었다. 조선 시대에는 금속활자를 더욱 많이 사용해 국가의 운영에 필요한 책을 찍어냈다. 이때는 주로 한자 금속활자를 썼다. 그럼 한글 금속활자는 없었을까?

국립중앙박물관에는 750여 자에 이르는 한글 금속활자가 보관되어 있다. 그리고 2021년 서울 인사동에서 600여 자에 이르는 한글 금속활자가 발굴되었다. 둘을 합쳐도 한자로 된 금속활자에 비해 그 수가 턱없이 적다.

한글 금속활자 서체는 컴퓨터에 있는 서체처럼 다양하지는 않다. 하지만 실제로 보면 짜임새 있고 아름답다는 걸 대번에 알 수 있다. 글자를 이루는 획이나 글자를 구성하는 자음과 모음이 이루는 비례가 상당히 훌륭하다. 글자를 이루는 간단한 선들이 리듬을 만든다.

한글 금속활자는 그 자체가 작품이다. 여럿이 모여 있으면 느낌이 독특하다. 완결된 문장이 아니어도 말이다. 다양한 글자들이 모여 변화를 주기 때문일 거다. 한글 금속활자가 열지어 늘어선 모습은 강익중 작가의 한글 설치 미술 작품을 보

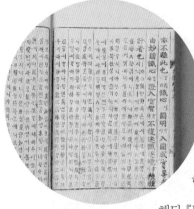

는 것 같다.

　　조선실의 앞쪽에는 눈여
겨볼 한글 금속활자가 있다.
한글 금속활자 가운데 앞선
시기에 만들어진 '을해자병용
한글 금속활자'로, 1461년에 간
행된 『능엄경언해』를 찍는 데 사용되었

다. 『능엄경』이라는 불교 경전을 한글로 풀이한 책이다. 이 책
에는 한문은 큰 글자로, 한글은 작은 글자로 찍혀 있다. 한 연
구자가 이 책의 한글과 남아 있는 한글 금속활자를 비교해서
이 책을 인쇄할 때 사용한 활자를 찾아냈다. 당시만 해도 조
선 초기에 만든 한글 금속활자는 전해지는 것이 없다고 알려
져 있던 터라 이 사실을 밝힌 연구자는 엄청 기뻤을 거다.

●

　　한글 금속활자를 보면 한글이 걸어온 길이 떠오른다. 세

종이 백성을 위해 한글을 만들었지만 양반들은 대부분 한글을 무시했다. 그렇지만 나라에서는 한글에 대한 관심의 끈을 놓지 않았다. 한글 금속활자가 이런 사실을 알려준다. 『능엄경언해』에 사용한 금속활자뿐만 아니라 조선 후기에는 무신자 병용 한글 금속활자도 만들었다.

이런 노력들이 더해져 한글은 지금껏 생명을 유지할 수 있었다. 한글을 가치 없게 여겼다면 굳이 비싼 돈과 시간과 노력을 들여 한글 금속활자를 만들 이유가 없었을 테니까. 조선의 끝무렵인 1894년, 고종은 한글이 나라의 공식 문자라고 선언한다.

단, 한 가지 기억할 점이 있다. 조선 정부는 금속활자로 국가가 필요하다고 여긴 책이나 백성들이 마땅히 읽어야 한다고 생각한 책 위주로 출판했다는 것이다. 금속활자로 책을 만들 수 있는 권력이 국가에 있었기 때문이다. 반면 유럽에서는 민간에서 금속활자를 이용해 상업 출판을 했다. 같은 금속활자지만 걸어온 길이 달랐다.

●

　『능엄경언해』와 이것을 인쇄하는 데 사용한 한글 금속활
자를 보면서 그 옆에 '독립선언서'가 놓인 상상을 한다. '독립
선언서'는 시간과 공간을 뛰어넘어 여러 사람들에게 독립의
당위성을 널리 알려 사람들을 한곳으로 결집시켰다. 이것이
바로 활자의 힘이다. 활자가 어떻게 움직이는가에 따라 사람
이 각성하기도 하고 거대한 변화가 나타나기도 한다. 조선의
금속활자들이 백성을 성리학적 인간으로 만들기 위해 움직였
다면 독립선언서의 활자들은 개인과 자유와 평등을 자각하는
인간으로 이끌었다.

　활자는 움직이는 글자다. 책을 만들기 위해 움직이기도 하
고 사람을 변화시키기 위해 움직이기도 한다. 지금 전시실에서
만나는 한글 금속활자는 가만히 있는 것 같지만 그렇지 않다.
관람객의 눈길을 끌며 여전히 움직인다.

국가 의례 사용설명서

외규장각 의궤

책이라고 하면 하얀 건 종이요, 검은 건 글자다라고 생각하는 사람도 이 책 앞에서는 생각이 달라진다. 멈춰 서서 살펴본다. 유물 가운데 가장 눈길을 끌기 어려운 책 앞에서 이런 일이 심심치 않게 일어난다. 이 문제의 책이 '의궤'다.

국가와 왕실의 중요한 행사를 마치고 펴낸 보고서인 의궤는 행사를 기록하고 앞으로 비슷한 행사를 할 때 도움을 주려 만들었다. 그래서 굳이 많이 펴내지 않았다. 왕이 볼 책, 관청과 실록을 보관하는 사고에 보관할 책 등 아주 조금만 만들었다. 대신 좋은 종이에 뛰어난 솜씨로 글자를 쓰고, 세세히 그림을 그리는 등 온갖 정성을 기울였다.

조선실에는 의궤만 따로 전시한 특별한 진열장이 있다. 왕이나 특별한 사람만 보던 의궤를 이제는 누구나 볼 수 있다. 그 시대를 살아간 사람들은 대부분 존재를 몰랐거나 알았어도 보기 어려웠던 그 의궤를 내가 보고 있다.

1. 『영조정순왕후가례도감의궤』

『영조정순왕후가례도감의궤』는 1759년 조선의 왕 영조가 나이 66세 때 15세인 정순왕후 김씨와 혼인하면서 남긴 기록이다. 이 의궤를 직접 보면 먼저 크기에 놀란다. 상하 두 권으로 이루어져 있는데, 책의 세로 길이가 무려 47㎝가 넘고, 두께는 두 권을 합쳐 무려 8.7㎝다.

표지는 1970년대 프랑스국립도서관 측에서 다시 만들었는데, 본래 달려 있던 금속 부재는 그대로 이용했다. 금속 부재는 섬세하게 만들어졌는데, 지금 봐도 세련되었다. 이럴 때 어울리는 말이 "명품은 디테일에 강하다"이다.

종이는 요즘 책에 쓰는 종이보다 두껍다. 만든 지 260여

년 된 종이가 방금 만든 것 같아서 마치 손가락을 대면 종이의 질감이 전해질 것만 같다. 시간이 비껴간 듯한 이 종이는 당시 최고급 종이인 초주지다. 이런 종이를 사용해 만든 이 책은 당시 왕이던 영조를 위한 것이었다. 의궤 가운데 왕을 위한 어람용 의궤는 다른 의궤보다 표지, 종이, 글씨, 그림 등 모든 면에서 더욱 정성을 기울였다.

책을 펼치면 붉은 외곽선과 그 안에 얇은 선이 보인다. 가로세로 반듯하고 폭도 일정해 언뜻 보면 인쇄한 것처럼 보인다. 그런데 선 끝을 자세히 보면 약간 진한 부분도 있고 살짝 끊어진 부분도 있다. 이 선은 도화서 소속 화원이 붓으로 하나하나 그린 거다. 이 두꺼운 책을 다 그렸다고 생각하면 화원들의 노고가 어땠을지 짐작이 간다. 왕이 보는 책이니 더욱 온 정신을 집중해 그렸다. 이런 생각으로 보면 선에서 긴장감이 느껴진다. 왕이 보는 의궤가 아닌 경우에는 사람을 일일이 그리는 대신 사람 모양 도장을 찍기도 했다.

책의 글자도 인쇄한 게 아니라 한 자 한 자 사람이 썼다.

글자가 흐트러짐 없이 반듯한 걸로 보아 분명 당시 글씨를 잘 쓰는 사람이 썼음에 틀림없다.

이 의궤에는 장대한 행렬을 그린 그림이 있다. 무려 50면에 이르는 그림 속에는 인물 1,299명, 말 379필이 등장한다. 이 그림은 영조가 정순왕후를 별궁에서 궁궐로 데리고 오는 장면이다. 이런 행렬 그림을 '반차도'라고 부르는데, 행렬에서 누가 어느 곳에 어떻게 자리 잡았는지 한눈에 알 수 있다. 하늘에 뜬 드론에서 찍은 영상을 보는 것 같다. 이런 내용을 그림 대신 글로 설명하려 했다면 설명도 이해도 어려웠을 거다. 요즘이라면 동영상으로 찍었겠지만.

그런데 그림이 이상하다. 그림의 시점이 제각각이다. 이건 그림을 그릴 때 등장인물이 모두 잘 보이도록 여러 방향의 시점을 합쳤기 때문이다. 아래쪽과 위쪽에 있는 사람들은 반대 시점으로 그렸고 가운데 있는 사람 몇몇은 뒤에서 본 모습으로 그렸다. 얼핏 어색해 보일 수도 있지만, 다음 행사를 준비하는 사람은 그림만 보고도 쉽고 정확하게 이해할 수 있었다.

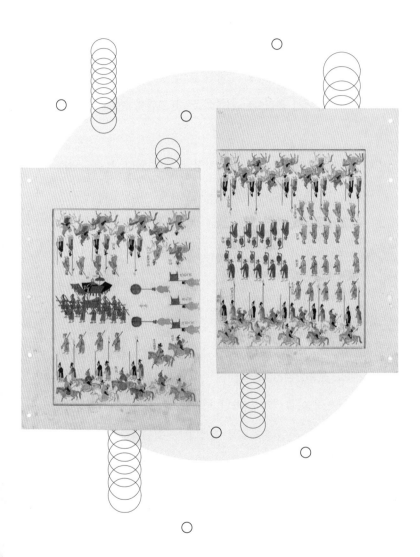

가만히 그림을 따라가다 보면 정순왕후가 탄 가마와 영조가 탄 가마를 만난다. 이 가마를 보고 있으면 마치 역사 속 인물이 눈앞에서 움직이는 기분이 든다. 그림에 왕과 왕비는 보이지 않지만.

의궤에는 요즘 책의 차례처럼 목록이 있다. 목록만 봐도 의궤에는 행사와 관련된 꼭 필요한 기록들이 담겼다는 걸 알 수 있다. 행사를 보지 못한 후대 사람들이 기록만으로 행사를 재현할 수 있을 정도다. 수고로움을 무릅쓰고 의궤를 만든 건 그날을 기록으로 남기기 위해서일 뿐만 아니라 후대 사람들이 행사를 할 때 도움을 주기 위해서였다.

2. 『문희묘영건청등록』

정조의 아들이자 세자인 문효세자가 세상을 떠나자 3년 후인 1789년 사당 문희묘를 지었다. 『문희묘영건청등록』은 문희묘를 짓고 신위를 옮긴 과정을 기록한 책이다. 이 책은 세로 길이가 45.4cm이고, 두께는 5.1cm다. 최고급 종이인 초주지를 사용해 지금도 상태가 무척 좋다.

이 책에는 새처럼 하늘에서 내려다보는 시점의 건물 그림이 나온다. 건물이 질서 있게 늘어섰는데, 가운데 위쪽이 문효세자의 친어머니 의빈 성씨의 사당 의빈묘로, 의빈은 문효세자가 다섯 살 나이에 홍역으로 세상을 떠나고 몇 달 후 세상을 떠났다. 의빈묘 오른쪽 아래 문효세자의 사당 문희묘가 자리 잡았다. 이른 나이에 세상을 뜬 아들과 그 어머니의 사당 그림을 보고 있으면 뭔가 뭉클하다. 정조는 문효세자를 잃은 슬픔을 이렇게 표현했다. "꿈인가, 참인가. 꿈이라 하여 반드시 꿈도 아닐 것이고 참이라 하여 반드시 참도 아닐 것이다."

문효세자의 무덤이 효창원이고, 의빈 성씨는 아들 곁에 묻혔다. 일제 강점기 때 무덤은 서삼릉으로 옮겨졌다. 참, 의빈 성씨는 어디선가 들어본 이름이다. 드라마 <옷소매 붉은 끝동>의 주인공 성가 덕임이 의빈 성씨다. 드라마에서는 당찬 여성으로 묘사되었다.

다시 책으로 돌아가면, 이 책에는 문희묘뿐만 아니라 문희묘로 문효세자의 신위를 옮기는 반차도가 25면에 걸쳐 실려 있다. 신위를 나르는 가마뿐만 아니라 등장인물, 각종 물건 어느 것 하나 허투루 그린 게 없다.

이 책에는 문희묘 건립과 관련된 다양한 기록이 있다. 문희묘를 짓기 위해 철거되는 민가 두 채 값도 기록했다. 건물을 짓는 데 관련된 각종 물자에 대한 기록이 무척 많다. 200여 년 전 지어졌다 사라진 문희묘에 대해 속속들이 알 수 있는 건 바로 이 책 덕분이다.

●

『영조정순왕후가례도감의궤』와 『문희묘영건청등록』은 모두 외규장각에 있던 어람용 책이다. 그런데 표지에서 낯선 외

국어 'coréen'이 보인다. 프랑스어로
'한국의'라는 뜻이다. 어람용 책에 왜
프랑스어가 있을까.

　정조는 1782년 왕실의 주요 물품과
책을 안전하게 보관하려고 강화도 행궁
에 외규장각을 지었다. 많을 때는 그 양이
1,212종 6,400책에 이르렀다. 그런데 1866년
천주교 박해를 구실로 프랑스군이 강화도를
공격해 외규장각에 있던 은괴와 의궤를 포함한
340책을 빼앗아갔다. 나머지는 잿더미가 되었다.

　그후 프랑스국립도서관으로 간 의궤는 오랫동안 세상에
드러나지 않았다. 그러다가 1975년 프랑스국립도서관에서 일
하던 박병선 선생이 이 책들을 찾아내 세상에 알렸다. 1991년
외규장각 의궤 반환 운동이 시작되었고, 여러 기관의 협력으
로 1993년 의궤 가운데 한 권이 돌아왔다. 그리고 2011년, 나
머지 297책이 돌아와 국립중앙박물관에 보관되었다.

의궤는 묻는다. 기록을 왜 남겨야 하는지. 머릿속 기억은 사라지지만 그 기억이 기록으로 바뀌면 대를 이어 전해진다. 이 의궤처럼.

국토정보 네트워크

대동여지도

조선 후기를 대표하는 유물 가운데 하나가 '대동여지도'다. 교과서 단골손님이고, 이 지도를 만든 김정호 역시 위인전 단골손님이다. 대체 사람들은 왜 대동여지도를 높이 평가하고 인상적으로 여길까? 그 이유는 첫째 대동여지도가 지금 지도와 너무 비슷하기 때문이다. "옛날에 어떻게 저런 지도를 만들 수 있지?" 둘째 김정호의 불굴의 의지 때문이다. 백두산을 몇 번 오르고 전국을 몇 번이나 돌았다는 이야기는 허구지만, 쉽게 엄두 내지 못할 엄청난 작업을 끈기 있게 해냈다는 건 사실이니까.

박물관에서 대동여지도를 볼 때면 다리가 부지런히 움직

인다. 줌인과 줌아웃을 반복하는 카메라 렌즈처럼 멀리서도 보고 가까이서도 본다. 멀리서는 꿈틀거리는 땅의 기세가, 가까이서는 땀내 나는 삶의 현장이 보인다. 그림이 아닌 지도가 이런 느낌을 줄 수 있다는 게 신기하다.

대동여지도 진열장 앞을 어슬렁거리다 보면 "대동여지도다!"라고 외치며 놀라운 표정으로 얼굴을 바싹 진열장에 붙이고 들여다보는 사람들을 종종 만난다. 대동여지도의 일부분만 보고도 이렇게 놀랄 정도인데, 대동여지도 전체를 보면 어떤 반응을 보일까.

반면 대동여지도 옆에 전시된 목판은 대동여지도를 찍어낸 장본인인데도 정작 지도에 비해 주목을 덜 받는다. 까매서 뭐가 뭔지 알아보기 힘들어서다.

●

대동여지도는 국토에 관한 거대한 정보의 네트워크다. 김정호는 산과 산을, 길과 길을, 공간과 공간을, 정보와 정보를 서로 연결하는 것에 관심이 많았다. 모두 22첩으로 구성된 대동여지도는 그 형식 자체가 네트워크다. 낱권의 책으로 된 대동여지도는 각각 지방의 모습을 담고 있고, 위아래로 연결된 대동여지도는 거대하고 통합된 조선의 모습을 보여준다. 22첩을 모두 펼치면 백두산부터 한라산까지 전 국토가 한눈에 들어온다.

김정호는 모든 산줄기가 서로 끊어지지 않고 연결되었다고 생각했다. 이건 김정호만의 생각이 아니라 조선 사람들의 생각이기도 하다. 국토의 뼈대가 서로 연결되어 기운이 통하면서 튼튼한 국토를 만든다는 뜻이다.

그 시작은 백두산이다. 웅장하게 묘사된 백두산에서 뻗어내린 산맥은 백두대간을 이루며 사람의 척추처럼 동해안을 따라 내려온다. 굵고 듬직하다. 백두대간에서 여러 산줄기가 온 국토로 뻗어간다. 산줄기로 보면 국토는 산줄기 네트워크다. 산줄기가 거미줄처럼 뻗은 곳에서 사람이 옹기종기 모여 살아가고 있다.

사실 이런 표현은 지금의 지도와 다르다. 지금의 지도로는 산의 높이 변화는 알 수 있지만 산의 기운이나 산세가 어떤지는 좀처럼 알기 힘들다. 산줄기의 흐름을 보려면 대동여지도를 보는 편이 훨씬 좋다.

산과 산 사이에는 물줄기가 흐른다. 옛사람들은 물줄기를 혈관이라 여겼다. 피가 혈관을 타고 도는 것처럼 물줄기도 피가 흐르는 것 같은 느낌으로 표현했다. 물줄기와 물줄기가 서로 이어지고 합쳐져 바다로 흘러간다.

물줄기를 따라가다 보면 마치 내가 배를 타고 강을 따라 여행하는 기분이 든다. 물줄기를 통해 마을과 도시가 연결된다. 그러니까 물줄기는 일종의 교통 네트워크다. 물줄기를 따라 사람과 물자와 정보가 오르내리며 지역과 지역을, 사람과 사람을 잇는다.

대동여지도는 거미줄처럼 촘촘한 길로 이어져 있다. 한양에서 시작한 길이 전국으로 연결되었다. 지도만 보고도 자기가 가고자 하는 길을 자세히 알 수 있다. 이 길은 단지 지도상의 선이 아니라 사람과 물자와 정보가 오가는 길이다. 이 길 덕분에 사람들이 살아가고 앞으로 나아갈 수 있었다. 한마디로 살아 있는 길이다.

길을 보고 있으면 당시 사람들이 어느 길로 다녔는지 궁금해진다. 조선 사람들 최고의 꿈이라는 금강산 여행은 어떻게 했을까. 어떤 길을 거쳐 금강산 유람을 가고 관동팔경을 감상했을까. 제주 상인 김만덕은 어떤 바닷길을 거쳐 육지에 닿고, 어떤 길을 따라 한양으로 갔을까. 정약전과 약용 형제는 어떤 길을 거쳐 유배를 갔고 어디서 헤어졌을지 상상으로 따라가본다.

김정호는 길 네트워크의 중요성과 효용성을 잘 알았다. 구불구불한 물줄기와 혼동을 피하기 위해 길은 가능한 한 직선으로 표시했다. 10리마다 점을 찍어 거리와 걸리는 시간을 쉽게 파악하도록 했다. 발상의 전환이다. 길을 보면 삼천리 강산 못 갈 곳이 없을 것 같다.

발상의 전환은 더 있다. 바로 물줄기다. 사람이 물줄기를 이용할 때 뭐가 궁금할까. 아마 배를 타고 갈 수 있는 곳과 없는 곳일 거다. 대동여지도 연구자들은 물줄기 가운데 두 줄로 표시된 곳과 한 줄로 표시된 곳을 주목했다. 그 결과 두 줄로 표시된 곳은 배가 갈 수 있는 곳, 한 줄로 표시된 곳은 배가 갈 수 없는 곳이라고 밝혔다.

당시 지도로 놀라운 건 바로 범례다. 범례는 상징 기호로, 지도에 같은 이름을 반복해 적는 대신 간단한 기호를 사용한다. 범례를 사용하면 지도가 깔끔해지고 보기에도 편하다. 대동여지도에서는 범례를 적극 사용했다. 특히 범례의 대부분이 국방 관계 시설인 걸로 보아 김정호가 국방에 신경을 많이 썼다는 걸 알 수 있다.

•

예전에는 흥선대원군이 국가 기밀이 담겼다며 대동여지도 목판을 빼앗아 불살랐다고 알려져 있었다. 이 일화는 일제 강점기 때 만들어진 가짜 이야기라는 것이 밝혀졌고, 이후 대동여지도를 찍어낸 목판이 발견되면서 이 사실을 뒷받침했다. 모두 60매였던 목판 가운데 현재 12매가 전해진다.

이런 귀중한 목판이 전시실에서는 눈에 잘 들어오지 않는다. 하지만 천천히 목판을 들여다보고 있으면 목판에 새겨진 것들이 보이기 시작한다. 지명, 길, 강, 산줄기가 정교하게 새겨져 있다. 어떻게 저렇게 세밀하게 조각할 수 있을까 싶을 정도다. 분명 김정호는 뛰어난 지도학자이자 뛰어난 각수였다.

그런데 김정호는 왜 힘들게 목판을 새겼을까? 같은 지도를 여러 번 인쇄할 수 있고 한번 정확히 새겨놓으면 지도를 만들 때마다 생기는 실수를 줄일 수 있으니까.

몇 해 전 국립중앙박물관에서 지도 특별전이 열렸다. 세로 6.7m, 가로 3.8m로 펼쳐진 대동여지도를 본 사람들은 그 규모에 압도당했다. 상상보다 큰 데다 온 국토가 바로 눈앞에 보였기 때문이다. 떨어져 있을 때는 작은 부분을 집중해서 볼 수 있고, 합체되었을 때는 전체적인 그림을 볼 수 있다.

　감동은 대동여지도의 크기 때문만은 아니었다. 온 국토가 꿈틀거리며 움직이는 느낌 때문이다. 산과 강, 길에 생명을 부여해 보는 사람들 마음을 움직인다는 점에서 대동여지도는 지도이자 예술 작품이다. 특히 우리나라의 대표 산인 백두산과 금강산은 그림처럼 그려 각 산의 특징을 드러냈다. 백두산은 웅장하고 단단한 모습으로 묘사했고, 금강산은 뾰족한 일만이천 봉을 늘어놓아 험준한 금강산의 느낌을 담았다.

　김정호는 1861년 대동여지도를 세상에 내놓았다. 이전에 등장한 여러 지도를 검토해 오류를 바로잡고 필요한 정보를 선택한 결과물이었다. 첫 번째 대동여지도가 세상에 나온 후에도 김정호는 잘못된 정보를 바로잡으려고 목판 수정 작업을 계속했다. 대동여지도의 인기가 높아지면서 똑같이 그린 지도까지 등장했다.

그런데 왜 김정호는 대동여지도를 만든 걸까? 그를 도와준 사람들, 꼼꼼히 실린 국방 정보들, 제국주의가 청으로 밀려들던 당시의 국제 정세로 미루어 보아 유사시를 대비해 만들지 않았을까 추정한다. 이렇게 대동여지도를 보면 김정호의 결연한 의지가 눈앞에 보이는 것 같다.

박물관에 갈 때면 대동여지도를 건너뛰지 않는다. 그 앞에 있는 것만으로 기분이 좋아진다. 워낙 지도를 좋아하는 데다 지도의 길을 따라 이 고을 저 고을 다니다 보면 조선 팔도를 유람하는 것 같기 때문이다.

용의 꿈

대한제국 국새

개인이나 기관처럼 국가에도 도장이 있다. 대한민국에도 국가를 대표하는 도장이 있는데, 특별히 대한민국 국새라고 불린다. 지금의 국새에는 봉황 모양 손잡이가 달려 있고, 바닥 면에 한글로 '대한민국'이라는 글자를 큼직하게 새겼다. 이 국새는 사용할 수 있는 범위가 정해져 있다. 헌법 개정 공포문의 전문, 장관과 고위 공무원의 임명장, 훈장증과 포장증, 비준서 같은 외교문서, 행정안전부 장관이 필요하다고 판단하는 문서에 사용한다.

국새는 대한민국에만 있었던 것은 아니다. 대한제국과 조선, 그리고 그 이전에도 있었다. 대한제국실에는 대한제국 국새가 여러 점 전시되었다. 대한제국실에 들어설 때면 심란해진다. 최선을 다한 고종과 무능하고 유약한 고종 사이에서 마음이 널을 뛴다.

심란한 마음을 뒤로 하고 국새 한 점을 본다. 어떤 동물이 둥그렇게 몸을 웅크렸는데, 몸통과 얼굴을 보면 단박에 용이란 걸 눈치챌 수 있다. 날카로운 이빨, 보주를 문 큰 입, 뚫어질 듯 보는 눈을 보면 굳세고 결연한 의지가 느껴진다. 네 다리는 네모난 받침대를 단단히 지키려는 듯, 또 도약하기 위해 힘을 모으는 듯하다. 몸통의 비늘은 금 도금 부분이 많이 벗겨졌는데, 이걸로 미루어 보아 이 부분이 손잡이였고 자주 사용했다는 것을 추측할 수 있다.

용이 지키는 받침대의 바닥에는 글자를 새겼다. '칙명지보(勅命之寶)'라는 네 글자다. 글자는 무게 있어 보이고 권위가 느껴진다. 칙명은 특별한 어느 기관의 이름이 아니라 황제가 내린 명령이라는 뜻으로, 다시 말해 황제의 명령서에 사용하는 도장이라는 뜻이다. 이 칙명지보는 조칙에 사용되었다.

사실 칙명지보라고 불린 국새가 또 있었다. 이름과 생김새는 거의 비슷하고 크기만 약간 컸다. 고종이 황제로 즉위할 당시의 일을 기록한 『대례의궤』와 『보인부신총수』라는 책을 보면 그 모습과 크기를 확인할 수 있다. 이 국새는 관리들 가운데 3~6품의 품계를 지닌 주임관을 임명할 때 사용했다. 지금도 이 국새가 찍힌 관리 임명장이 전해져 어떻게 사용되었는지 알 수 있다. 하지만 이 칙명지보는 한국전쟁 때 사라졌다.

　그러면 1~2품 같은 높은 품계를 지닌 관리인 칙임관을 임명할 때는 어떤 국새를 사용했을까? 제고지보(制誥之寶)라는 국새로 국립중앙박물관에 있다. '제고'는 황제의 명령을 뜻한다. 전체적인 모습은 칙명지보와 비슷하지만 크기가 크고 받침대 위에 작은 받침대를 놓았다. 금빛이 많이 사라진 칙명지보와 달리 지금도 금빛으로 번쩍거리는데, 순금으로 만들어졌기 때문이다. 칙명지보는 많이 써서 그런지 바닥이 많이 닳은 반면, 제고지보는 어제 만든 듯 상태가 좋아서 지금 찍어도 글자가 선명하게 보일 것 같다.

칙명지보

제고지보

대원수보

278

이 밖에도 국립중앙박물관에 대원수보(大元帥寶)라는 국새가 있다. 이름이 독특한 이 국새는 황제가 군대의 총 책임자로서 명령을 내릴 때 사용했다. 현재 남아 있는 대원수보가 찍힌 문서들은 무관의 임명서가 많다.

●

이 세 국새의 공통점은 바로 손잡이가 용이라는 점이다. 용이 왕을 상징하니까 당연한 것이라고 생각할 수 있다. 사실 왕을 상징할 때는 대부분 용을 사용했지만 국새만은 달랐다. 대한제국 이전에는 용을 사용하지 못하고 거북을 사용했다. 용을 사용하고 싶어도 그럴 수 없었다. 국새의 용은 중국의 황제만 사용할 수 있었으니까. 당시 조선은 중국의 제후국 위치였기 때문이다. 이러한 규제는 용에서 그치지 않았다. 국새에 쓰는 보(寶)라는 글자나 새(璽)라는 글자도 공식적으로 황제만 쓸 수 있었다.

그러다가 1897년 조선의 왕 고종이 중국이나 외세에 좌지

우지되지 않는 강한 나라를 만들겠다는 마음으로 나라 이름을 조선에서 대한제국으로 바꾸고 왕의 위치도 황제로 격상시켰다. 당시 왕비가 시해된 을미사변을 딛고 일어나 강력한 나라로 나아가기 위한 돌파구가 절실했기 때문이다.

왕에서 황제가 되면서 많은 것이 바뀌었다. 그중 하나가 국가를 상징하는 국새였다. 이때 대한국새, 황제지새, 황제지보(3과), 칙명지보, 제고지보를 만들었다(칙명지보 가운데 작은 것은 이듬해인 1898년에, 대원수보는 1899년에 만들었다). 이 국새들은 새로운 나라를 꿈꾸며 세상에 나왔다. 이전 시대와는 다른 새로운 나라를 만들겠다는 꿈이 국새에 깃든 것이다.

외세에 굴하지 않는 튼튼한 국가를 지향했지만 대한제국은 그만 일제에 국권을 빼앗기고 말았다. 그러면서 국권을 상징하는 국새도 더 이상 사용할 수 없었다. 1911년 대한국새를 비롯한 6과의 국새는 조선총독부로 넘어갔다가 다시 일본으로 건너갔다. 일제는 국새가 혹시 모를 일에 사용되는 것을 막으려고 했을 거다.

이 국새들이 다시 고향 땅을 밟은 건 1946년이다. 해방 후 남쪽에 진주한 미군정은 일본의 궁내성에 있던 대한제국의 국새를 회수해 우리나라에 반환했다. 그 후 한국전쟁을 겪는 과정에서 안타깝게 대한국새, 황제지보, 칙명지보(대) 등 3개의 국새가 사라졌다.

1954년 남은 국새를 보관 중이던 총무처에서 국새들을 국립박물관에 인계했는데 바로 이 국새들이 앞에서 살펴본 세 점의 국새다. 사라진 국새 가운데 황제지보는 2014년 국내로 들어왔다. 이보다 몇해 전인 2009년 그동안 존재가 잘 알려지지 않은, 고종이 친서에 사용한 특별 국새인 황제어새가 돌아왔다.

국립중앙박물관에 있는 세 국새는 새로운 국가를 향한 꿈과 좌절의 목격자들이다. 튼튼한 황제 국가를 향한 고종의 꿈은 제국주의 앞에서 속절없이 무너졌다. 이제 그 꿈은 황제가 아니라 민들의 몫이 되었다. 나라를 빼앗기고 그로부터 9년 후, 민들은 제국이 아니라 민국을 선포했다.

"대한민국은 민주공화제로 함."

대한민국 임시정부 첫 헌법의 첫 조항이었다.

사진 제공 국립중앙박물관, 문화재청, 대한민국 역사박물관

유혹하는 유물들

1판 1쇄 발행 2022년 12월 15일

글 박찬희 | 그림 임지이 | 펴낸이 임중혁 | 편집 김연희 | 디자인 박진희

펴낸곳 빨간소금 | 등록 2016년 11월 21일(제2016-000036호)

주소 (01021) 서울시 강북구 삼각산로 47, 나동 402호 | 전화 02-916-4038

팩스 0505-320-4038 | 전자우편 redsaltbooks@gmail.com

ISBN 979-11-91383-26-3(03810)

• 책값은 뒤표지에 있습니다.

이 도서는 한국출판문화산업진흥원의 '2022년 중소출판사 출판콘텐츠 창작 지원 사업'의 일환으로
국민체육진흥기금을 지원받아 제작되었습니다.